鼠、夜に賭ける

赤川次郎

角川文庫 17627

目次

鼠、夜道を行く

幕を開ける

戸がガラリと開くと、

「おい、大変だ！」

と、この店によく出入りしている顔が飛び込んで来て、「人が斬られた！」

「え？」

「どこだ？」

「誰だ、斬られたなあ」

物見高いのは江戸っ子の常だが、「人が斬られた！」の一声で、飲みかけ、食いかけの客一人残らず立ち上って、

「どこだ！」

「右か左か！」

と、店を出て行ってしまったのだから相当なものだ。

いや、「一人残らず」ではない。

一人、残ってゆっくり酒を飲んでいたのが、通称〈甘酒屋〉の次郎吉《じろきち》である。

次郎吉だって、野次馬根性にかけては人後に落ちないが、ただ、今はのんびり飲みたい気分だったのである。

「――はい、お茶」

と、店で働く十六、七になるおようが、「次郎吉さんは偉いのね。みんなワーッて出てっちゃった」

「別に偉いわけじゃねえ」

と、次郎吉は微笑んだ。「人が斬られたとこなんか、あんまり見たくねえのさ」

「そうよね。うちの旦那《だんな》も行っちゃった。お店、放り出して」

「そりゃひでえな」

と、次郎吉は笑って、「大丈夫なのか、放っといて」

「猫にお刺身盗《と》られないように見てなくちゃ！」

と、おようは店の奥へ戻って行ったが――。

少し間があって、

「キャーッ！」

と、甲高い悲鳴が聞こえた。

次郎吉はびっくりして立ち上ると、

「どうした！」

と、暖簾《のれん》をはね上げて奥へ入った。

おようが台所の隅に立って震えている。

勝手口の戸を背に、抜身を手にした男が立っていた。町人のなりだが、次郎吉はどうやら侍らしいと思った。

「――おようちゃん、大丈夫だ」

と、次郎吉は声をかけておいて、「あんた、今、人を斬って来たのか」

「大きなお世話だ」

と、男は肩で息をしながら言った。

着崩れた着物に血が飛んでいる。

「逃げるなら、ここはまずいぜ」

と、次郎吉は言った。「すぐに客も主人も戻ってくる。そこを出て、川辺へ抜けるしかねえ」

「逃げる気はない」

と、男は言って、力なく柱にもたれた。

「じゃ、その刀を捨てな。これ以上、人を斬るつもりがなけりゃな」

「こいつは捨てない」

と、男は白刃を目の前にかざして、「今日のために……。大事にして来たのだ」

「何ごとだね。仇討《あだうち》か」

「訊《き》くな」

と、男は暗い目で次郎吉を見て、「知らん方が身のためだ」

「別に訊きたいわけじゃねえが」

「しくじった」

「——何と言った？」

「しくじったのだ」

と、男はくり返した。「やり直しはできん。俺はもう終りだ」

店の表で人の声がした。

「早く逃げな」

と、次郎吉は言った。「あんたのことは黙っていてやる」

「おぬし、ただ者ではなさそうだな」

と、男は次郎吉を見て、口もとに笑みを浮かべると、「ここの主人に謝っておいてくれ。汚してすまん、と」

「どうするんだね」

「けりをつける」

と言うなり、男は刀を自分の首へ当てた。

「おい――」

次郎吉は、男の首筋に白刃が走るのを見た。

おようが顔を覆う。男の首からほとばしった血が壁を濡《ぬ》らした。

男は崩れるように倒れ、血だまりが広がって行った。

「――斬った野郎は、さっさとどこかへ逃げちまったってさ」

「つまらねえな」

と、客たちが店に入って来る。

「おい、ここの亭主はどうした」

と、次郎吉が店へ出て来て言った。

「何だか、まだ見物してたぜ。野次馬だからな」

「呼んで来てくれ。役人もな」

「――どうしたって？」

「斬った奴は奥で死んでる」

と、次郎吉は言った。

「ええ。何も言いませんでした」

と、おようは調べに来た同心へ言った。「私、もう怖くて……」

「分る。——びっくりしたろうな」

同心は、次郎吉の方へ、「お前は何か話したのか」

「いえ、何も。『逃げねえのか』って訊いたら、いきなり自分で首を……」

「逃げられぬと観念したのか」

「そのようですね」

——男が運び出されて行く。

台所を血だらけにされた主人は仏頂面。

「畜生。血を洗うだけでも大変だ」

と、ブツブツ言っている。

「仕方ねえさ。ここにいたら、あんただってとばっちり食ってたかもしれねえぜ」

「それもそうだな」

と、主人は諦《あきら》めたように首を振って、「ともかく今日は店を閉める。およう、暖簾を入れて来い」

「はい」

おようは血だまりをよけて、店へと出て行った。

「——旦那」

と、次郎吉は言った。「斬られたのは誰なんです?」

「うむ、何でも三河仙八郎《みかわせんぱちろう》という侍だそうだ。特に人に恨まれる風でもないようだがな」

あの男は、「しくじった」と言った。

それは、斬るべき相手を間違えた、ということなのか。しかし、それならなぜ逃げて、狙う相手を捜さなかったのか。ここで自ら命を絶つというのはおかしい。

「懐にも何も持っとらん」

と、同心はため息をつくと、「どこのどいつか、分ればいいがな」

「町人のなりはしてましたが、刀で首を斬って自害するとは、どうもお侍らしく見えましたがね」

次郎吉の言葉に同心は、

「なるほど。それも一理ある。――引き取り手が現われれば分るだろう」

と言って、出て行った。

次郎吉も引き上げることにして、表に出ると、

「あら、兄さん」

妹の小袖《こそで》がちょうどやって来た。「人が斬られたって、本当？」

「ああ。こっちも少々とばっちりを食ったんだ」

次郎吉の話に、小袖は、

「へえ。——刀はどんな？」

「脇差だが、あの持ち方は侍だな」

「何かありそうね」

「妙なことには巻き込まれねえこった。帰ろう」

「ええ。あ、おようちゃん、ご苦労さま」

戸を閉めようとしていたおようが、小袖に会釈した。

少し行って、小袖は振り返ると、

「おようちゃんも一緒にいたのね？」

「それがどうした？」

「今、私と目が合ったら、あわてて目をそらしたわ。何か後ろめたいことがあるみたいにね」

「そうか？　気が付かなかった。まだ怯《おび》えてるのさ」

「そうね……」

次郎吉は思い出してみた。——あの男とおようが口をきくことはなかっただろう。

何か隠しごとする理由があるだろうか……。

拾いもの

およう は、口の中で呟《つぶや》いていた。

「これは拾ったんだ。ただ、落ちてたもんを拾っただけだ……」

家へと急ぐ足取りは、せかせかとしていた。

店の掃除に手間取って、帰りはもう暗い。

おようの懐には、慣れない重さが揺れている。——いいことだとは思わない。でも、人には運も不運もあるものだ。

あの男が裏の戸口を入って来たとき、それはストンと落ちた。

男は全く気付いていない様子だった。

財布？　おようはじっとそれを見つめていた。

次郎吉が気付かなかったのは、それがちょうど床に置いたかめのかげに隠れていたからで、おようは次郎吉が戻って来た客たちと話しているときに、それを素早く拾って、懐へしまい込んだのだった。

「どうせ、死んじゃったんだし……」

と、おようは呟いた。

お役人に渡したら、それこそどうなるか分らない。

およう は足を止めて、周囲を見回すと、懐からそれを取り出した。

中身は、チラリと見ただけだが、小判が入っていた。およう など、見たこともない大金らしい。

「これでいいんだ……」

と、およう は呟いた。

――長屋の奥の戸を開けて、

「お母ちゃん、ただいま」

と言った。「――お母ちゃん？」

中は真暗だった。いくら何でも……。

手探りで上ると、

「お母ちゃん？」

と、呼んだ。

「――おようちゃん」

と、表で呼ぶ声がした。

「はい」

「帰ったの。あのね、あんたの母ちゃん、血を吐いて」

「え？」

「長屋の若い者がお医者へ運んだよ」

　およう は少ししてから、ペタッと座り込んだ。

「お母ちゃん……死んじゃった？」

「いえ、死にゃせんよ。ただ、ここんとこ咳《せき》がひどかったからね」

　と、隣のおかみさんは言った。

　おようは胸に手を当てた。——びっくりして、しばらくは立てなかった。

「おようちゃん、大丈夫かい？　あんたの方が死にそうだよ」

「だって……あんまり驚いて」

　と、おようは何度も大きく息をついた。

「それで、おばさん、お母ちゃんはどこのお医者へ？」

「うん、この近くの——ほら、黒塀の家の先生のとこへ運んだらね、『こいつの所は前の薬代も払ってない。只《ただ》じゃ診てやれん』って断られちゃったって」

「それじゃ……」

「ひどい奴だね、あの医者は。人が血を吐いたってのに、見殺しにしやがるんだから」

　と、おかみさんは腹を立てている。

確かに薬代をためていたが、およウだけの稼ぎでは、食べていくだけで精一杯だ。

「じゃあ、お母ちゃん、どこへ……」

「ちょっと遠かったけど、ほらお寺の裏手を抜けたとこに、若い女の先生がいるだろ」

「あ、いつか定《さだ》坊が足を折ったときに——」

「そうそう。あんときも、金がないのを分ってて、すぐ手当してくれたからね。今度もきっと大丈夫だろうっていうんで、運んでったのさ。すぐ女の先生が出て来て、お金のことなんか訊《き》きもせずに、引き受けてくれたってよ」

およウは胸をなで下ろした。

「ありがとう、おばさん。これからすぐ行ってみるわ」

「でも、あんた、もう真暗だよ」

「ここで朝まで待っちゃいらんないわ。お願い、提灯《ちょうちん》を貸して」

「いいけど……。一人じゃ、何かと物騒だよ。誰か連れてくといい」

「そんなの、悪いから。いいわ、大丈夫。私、あの道なら慣れてる」

「そうかい？　じゃ、ちょっと待ちな」

火を入れて貸してくれた提灯を手に、およウは早速長屋を出た。

小走りに急ぐと——追って来る足音がする。ギクリとして振り返ると、

「おい、待てよ！　恐ろしく足が速《はえ》えな」

と、息を弾ませて来たのは、同じ長屋の三平《さんぺい》だった。

今年十九になる、左官の見習いだ。

「三平さん、どうしたの？」

「お前が一人でお袋さんのとこへ行ったって聞いて。——一緒に行ってやらあ。今日、お袋さんも運んだからな」

「ありがとう。でも、私一人でも大丈夫よ」

「万が一ってことがあるだろ。遠慮するなって」

本当はおようと二人になりたいのだ。

おようも、三平が何くれとなく親切にしてくれていることは分っていた。もちろん、多少の下心があってのことだが……。

「寂しい道だな。さっきは別の道だった」

と、三平は歩きながら、キョロキョロしている。

おようはおかしくなって、

「怖いの、三平さん？」

「怖《こえ》えことなんかあるもんか！」

と、むきになって、「お前が怖がってんだろうと思って、心配してやってんだ」

「私、ちっとも。この道、お母ちゃんのおつかいでよく通るんだもん」

「へえ……」

二人は少し黙ったまま、せかせかと歩いていたが——。

「な、およう」

「え？」

「手、握ってもいいか」

「三平さん……」

「いや、何も——ただ手を握ってる方が、道に迷わなくって済むかな、って……」

わけの分らないことを言っている三平だった。

何となく目をそらして歩いていた二人だったが……。

「手、握ってもいいわよ」

と、おようは言った。

「そうか？　うん、別にどっちだっていいけど……」

と、口ごもりながら、三平はおようの手を握った。

「——冷たいな、お前の手」

「そう？　三平さんの手、とってもあったかいわ」

「だけど……可愛い手だ」

「よしてよ」

と、おようは少し頬を赤らめたが、暗い中では分らなかったろう。「私、ずっと洗いものしたりしてんだもの。手はザラザラでしょ」

「そんなの、仕方ねえだろ」

「でも……いいとこのお嬢さんの手なら、もっとふっくらしてるよ」

「俺は働き者の手が好きだ」

それきり、二人は何となく黙っていた。

「——ここだわ」

と、おようは仙田良安《せんだりようあん》の家の前で足を止めた。

「何だ。大して遠くねえじゃねえか」

三平の口調は明らかに残念がっていた……。

「胃をやられてて、お腹が空《す》いていたせいで血を吐いたのよ」

と、千草《ちぐさ》は言った。

「あの——お母ちゃん、死んじゃうんでしょうか」

「いいえ、大丈夫。しっかり、おかゆのようなものを食べて、体力をつければ治るわよ」

「今は眠ってる。そっとしておいた方がいいわ。——おようさんだったっけ？　もう遅いし、泊ってらっしゃい」

「いいんですか」

「部屋の隅でね。——お国《くに》ちゃん」

と呼ぶと、

「はい、先生！」

「この人に、お布団を敷いてあげて」

「はい」

「あの——私、どこででも寝ます」

「あなたまで寝込んだら、お母さんが困るでしょ。あの連れの子は？」

「帰ります。仕事、朝早いですから」

およは玄関へ行って、三平に話をした。

「——良かったな。じゃ、お前、泊ってくのか」

「そうする。おばさんに言っといて」

「ああ、分った」

「気を付けてね」

と、およらが言ったときには、三平の姿は見えなくなっていた。

「およらさん」

と、お国がやって来て、「布団、敷いときましたよ」

「ありがとう」

「それと先生が、台所で何か食べなさいって」

「え？」

「何も食べてないんでしょって」

「ええ……どうして分るの？」

「千草先生は凄《すご》い人なんですよ」

と、お国は自慢げに言って、「ご飯とお漬物くらいしかないけど」

「ありがとう。――いただきます」

と、およらは頭を下げた。

台所の隅で、およらはご飯を食べながら、涙が出て来た。

「お茶、どうぞ」

と、お国が湯呑《ゆの》みを置いて、「泣いてるんですか？」

「だって……。あんまり親切にして下さるから……」

と、涙を袖《そで》で拭《ぬぐ》って、「お薬をいただくのかしら？」

「さあ。うちの先生は、あんまりお薬を出されませんよ。人は自分の力で治るのが一番、っておっしゃって……」

「そう……」

「あの三平さんって？　おようさんのいい人？」

「そんな――。急にそんなこと言わないで」

と、おようは慌ててご飯をかっこんでむせた。

「ちょっといい男でしたね」

「そう？　あんまりじっくりと見たことないわ」

と、おようは照れて言った。

――そのころ、三平は夜道で足を止めていた。

前と後ろを、数人の男たちが遮っていた。

「おい、何だよ！」

と、三平は震える声で怒鳴った……。

後家

「分りません」

と、泣くことさえ忘れたように、その妻は言った。「夫は恨みを買うような人ではありませんでした。――なぜ斬られたのでしょう」

三河仙八郎の亡きがらは、今布団に横たえられ、顔が白い布で隠されている。

「お気の毒でした」

と、次郎吉は言った。「お辛《つら》いことでしょうが、私のような者がお邪魔して申し訳ありやせん」

「いえ、とんでもない」

斬られた三河仙八郎の妻は、琴音《ことね》といった。

二十七、八というところか。

もし、男女の仲のもつれから来る殺しなら、それも納得できる美しい女である。

しかし、今回はとてもそうは思えない。

「――次郎吉さんとおっしゃいましたか」

「はい」

「夫を斬った男は、何か言い遺《のこ》さなかったのでしょうか」

「特に何も……。ただ、『しくじった』と言いました」

「しくじった？」

「どういう意味かは分りかねますが」

「では——夫は誰か他の方と間違って斬られたのでしょうか」

「そうかもしれません」

と、次郎吉は言った。「ただ、あの言い方は、どうもそれとも違うようで……」

「まともに立ち合っていれば、むざむざと斬られはしなかったでしょうが」

と、琴音は悔しげに言った。

「仙八郎様は、腕の立つ方だったのでしょうね」

と、次郎吉は言った。

「はい。示現流《じげんりゅう》の師範をつとめておりました」

「それは……」

どんな達人でも、往来を歩いていて、いきなり斬りつけられたのでは防ぐすべがない。

「——奥様」

と、女中が顔を出し、「宮永《みやなが》様と桑原《くわはら》様がおみえになりました」

「そう。お通ししておくれ」

次郎吉は、

「では私はこれで」

と、立ちかけたが、

「いえ、どうぞ。お二人とも夫とは道場仲間で、親しくしていただいていたので」

「はあ……」

次郎吉は部屋の隅にさがった。

「――琴音殿」

二人の侍が入って来た。旅仕度で、帰ってきてすぐここへ来たものと見えた。

「仙八郎が、本当に……」

「会ってやって下さいませ」

琴音が、夫の顔から布を取る。――次郎吉も、その顔が見たかったので、少し伸び上って覗《のぞ》いた。

太い眉《まゆ》をした、いかにも武術家という面立である。かなり特徴のある顔で、誰かと間違えられたとは考えにくい。

「信じられん！」

と、一人が固く結んだ拳《こぶし》を震わせて、「こんな姿に……」

「誰です、相手は！」

「未《いま》だにどこの誰とも……」

と、琴音が小さく首を振って、「そちらの方が、下手人を見ておいでで」

二人の鋭い眼差《まなざ》しが次郎吉の方を向いた。

「通称〈甘酒屋〉の次郎吉と申します」

次郎吉が、ことの顚末《てんまつ》を語ると、

「——町人のなりをした武士だと？」

「いえ、そうと分ったわけじゃございません。手前が勝手にそう思いましたまでで」

「しかし、なぜ自害を……」

と言いかけて、「失礼した。拙者は宮永和重《かずしげ》という者。この桑原総太郎《そうたろう》ともども、三河仙八郎とは同門の友でありました」

「恐れ入ります」

宮永和重は、どちらかといえばやさしい感じの、役者のような男前だった。年のころは二十五、六だろうか。

もう一人の桑原総太郎は、宮永が次郎吉に名を告げたのが面白くなさそうで、

「いずれにしろ、町人の知ったことではない」

と、あからさまに、「引き取るがいい。こちらの琴音殿と話もあれば、外してもらおう」

「へえ、それはもう……。では、失礼をいたします」

「わざわざありがとうございました」

と、琴音はていねいに言った。

「どうぞこちらで。——では」

次郎吉は退出した。

桑原は苦々しげに、

「どこの馬の骨か分らぬ者を上げてはなりませんぞ」

と、琴音へ言った。「何かと口実をつけて金をせびりに来るやもしれぬ」

「いや桑原、今の男の身のこなし、ただの町人ではないぞ」

と、宮永が言った。「少なくとも、剣の心得がある」

「最近は百姓でも剣術を習うそうだからな」

「下手人の遺体はまだ奉行所に」

と、琴音が言った。「引き取り手も現われぬそうで」

「身分を隠して、仙八郎を斬ったとすれば……」

宮永は腕組みをして、「何か我々の役向きのことと係《かかわ》りがあるかもしれん」

「——お二人は、何のご用で京へ上られました」

と、琴音が訊《き》くと、二人はチラッと目を見交わし、

「それはお答えできかねるのです。申し訳ないが」

と、宮永が言った。

「さようでございますか。夫が気にしておりましたので」

「何かおっしゃっていましたか」

「いえ。ただ、『いつもなら、自分にも声をかけて行くのに』と申しておりました」

「急に出立しなくてはなりませんでしたので」

と、宮永は言った。「ご覧の通り、まだ旅からの帰り道。――一旦《いったん》戻りまして、また出直して参ります」

「お疲れでございましょう。どうぞお気になさらずに」

と、琴音は気丈に言って頭を下げた。


「じゃあ、お母ちゃんをくれぐれもよろしくお願い申します」

およぅは、玄関先で千草へ何度も頭を下げた。「お国さん、色々ありがとう」

「いいえ。気を付けて」

「それじゃ」

およぅは、仙田良安の家を出て、軽い足どりで歩き出した。

母親は、二、三日千草が看《み》てくれるということだった。それに、およぅはいつも以上にぐっすりと寝てしまったので、妙に元気である。

「本当にいい先生だわ……」

と、ひとり言を言いながら、「お薬代も払えるし……」

そこはやはり気持が楽だった。

もうずいぶん日が高い。長屋の人たちが心配しているかもしれないと思うと、おようの足も速くなった。

「――何かしら」

数人の人が集まっている。

十手が光った。目明しがいる？

おようは、急いで通り過ぎようとしたが、菰《こも》をかけた亡きがららしいものがチラッと人の間から覗いた。

行きかけてハッと足を止める。

少しはみ出していた白い足は、ずいぶん若い者のようだったが……。

「まさか」

ゆうべ、三平がこの道を帰ったに違いないと思うと、不安になって、

「ごめんなさい……」

と、人の間を分けて、「何かあったんですか？」

「辻斬《つじぎ》りらしいよ」

「辻斬り……」

「まだ若い衆だ。可哀そうに」

見れば見るほど、その白い足首が、三平のもののように見えてくる。

「何だ、お前は。知ってる者か」

と、目明しがおように訊いた。

「あの……ちょっと顔を見ても?」

「ああ。いいぜ。——おい、顔を見せてやんな」

子分が、かけてあった菰をめくった。

およう は凍りついた。

「こんなこと……」

声がかすれる。——間違いなく、三平の変り果てた姿だった。

「顔見知りか」

と訊く目明しの声がどこか遠く響いて、およう はただ呆然《ぼうぜん》と立ち尽くしていた……。

内緒

次郎吉が長屋に帰ることにしたのは、もう暗くなってからのことだった。

自身番に運ばれて来た三平の亡きがらを前に、およう はただ泣くばかり。小袖が左官の親方に知らせて、やっと三平の両親が駆けつけて来た。

「金が目当てとも思えねえしな」

と、目明しの定吉《さだきち》は言った。「大方辻斬りだろう。夜ふけに一人歩きは用心しねえとな」

三平は背中を一太刀で斬られていた。

「逃げようとしたところを、後ろから、ということかしらね」

と、小袖は言った。

「しかし、ただの辻斬りにしちゃ、あんな寂しい所ってのが妙じゃねえか？」

小袖と一緒に長屋へと歩きながら、次郎吉は言った。「あんな道、夜は一人も通らねえ方が普通だろう」

「辻斬りなら、もう少し人の通りそうな場所を選ぶでしょうね」

「三平と、あの三河仙八郎って侍。じかにつながりはなさそうだが……」

「おようちゃんね」

「うん……。あの子が何か知ってるのかもしれねえ」

「大丈夫なの？　今は一人でしょ」

「定吉に頼んで来た。――こっちがあんまり表立って係ると、却《かえ》ってややこしいことになりそうだからな」

「あの自害した男は？」

「今日奉行所に、顔を見に来た武士がいたらしい。しかし、一目見て、『知らん顔だ』と言って帰ったとか」

「怪しいわね」

「定吉が居合せたらしいが、『ありゃおかしいぜ』って言ってたよ。死人の顔は、そうすぐに誰と分るもんじゃねえ。それを一目で人違いと言ったのは、よっぽどよく知った相手だったってことだろう」

「どこのお侍？」

「訊いても言わなかったそうだ」

小袖は長屋へ入った所で、

「家の前に足跡が」

と、小声で言った。

「一人じゃねえな。――ま、覚悟はしてたが」

次郎吉は引き戸に手をかけ、スッと少しだけ開けると、

「留守の間に勝手に上り込むのは感心しやせんね」

と、声をかけた。「話があるなら、外でお待ちなせえ」

「おのれ――」

刀を抜く音がした。

「よせ！」

と、厳しい声が奥から飛んで、「次郎吉殿でござるか」

「さようで」

「失礼した。外で人目につくことは避けたかったのでな。――ぜひ話を伺いたい」

「では、その前に用心棒か何か知らねえが、刀を抜きたがってる物騒な方々を外へ出していただきましょうか」

「承知した。みんな、外へ出ておれ」

「しかしご家老――」

「早くしろ！」

若い侍が三人、渋々という様子で、中から出て来た。

行灯《あんどん》の明りに、初老の武士が正座して、

「気配を悟られたとは……。そちらの女子《おなご》も隙のない」

「まあ、そんなことはいいが」

と、次郎吉は畳にあぐらをかいて、「今日奉行所へ行かれたってのは、ひょっとして……」

「ご存じか」

「目明しから、みえたお侍の様子を聞いてますんでね」

「いかにも拙者だ」

「ご存じの方で？」

少し間があって、

「ここだけの話――あれは倅《せがれ》です」

「さようで」

「武士を捨て、町人の姿でしたから、弔いも出してやれぬ」

「そんな……。お気の毒じゃありませんか」

と、小袖が言った。

「宮仕えは辛《つら》いものでな」

と、「家老」は言った。「あれが自害したとき、そばにおられたとか」

「へえ、確かに」

「倅は何か言いましたか」

「ひと言、『しくじった』と」

「――そうですか」

声が少し震えた。

「あの方は何か役目を任されてらしたんでしょう。そのために身分も捨てた」

「さよう……。今、わが藩は二つの勢力に分れて争っておりましてな。あえて藩名はのです」

申し上げぬが」

「訊《き》くつもりもありやせん」

「ご主君は病でいつ亡くなられてもおかしくない。誰が跡継ぎとなるか、もめているのです」

「ですが――」

「殿の側室が昨年男子を産んだのですが、誠に殿の子かどうか疑わしく。しかし、その子を跡継ぎにという一派がありましてな」

「あなたは反対でいらっしゃる」

「さよう。――倅に、町人に姿を変えて、側室の身辺を探れと命じました」

「なるほどね」

「倅から、側室が懇ろな男にあてて書いた書状があると知らせて来ました。赤ん坊はその男の子だと記されているらしい。拙者は、何としてもそれを手に入れろと命じました」

「待って下せえよ」

と、次郎吉は言った。「斬られた三河仙八郎さんも、そちらの藩の方で？」

「そうです」

「すると――その側室の相手の男が、あの三河仙八郎？」

「相手が誰なのか、倅は必死で探っていました。殿のお命がいつ……」

「しかし、あの三河って人は、どうもそういうお人じゃなさそうでしたがね」

「倅は、どうも三人の者に目をつけ、その内の一人が目指す相手と思っていたようです」

「三人……ですか」

「倅の所持品は何もなかった。『しくじった』と言ったのは、相手を間違えたということだったのでしょう」

と、ため息をつく。「それを伺いたくて。――お邪魔した」

「ご苦労さまで。お侍さんは大変でございますね」

と、次郎吉は「家老」を送り出した。

「――やれやれ、だ」

と、腕組みして、「どう思う？」

「話は本当らしいけど」

と、小袖は言った。「でも、お家の秘密をどうしてここで私たちに話すの？」

「うん。公儀に知れたら、お取り潰《つぶ》しになりかねない」

「ということは……」

「いずれ、俺たちを消すつもりさ」

と、次郎吉は言った。

「あのとき、店に兄さん以外の誰かがいた、って知ってるのよ。でも、それが誰か分らない」

「俺たちが話を聞いて動くと見たんだろう。――およう か」

「他に考えられないわ」

「そうだな。およう のお袋さんは今、千草さんが看《み》ている」

「じゃ、およう ちゃんはもしかして……」

「そうか。家に戻ってねえかもしれねえな」

「三平さんを斬った奴がいるってことは、およう ちゃんのことも分ってる」

「今の家老と争ってる一派か。――まあ、こんなことにゃ係《かかわ》り合いたくねえが」

「でも、およう ちゃんの身が危いわ」

「千草さんも、とばっちりを受けねえとも限らないからな」

「また出かける？」

「そういうことになりそうだ」

次郎吉は行灯の火をフッと吹き消した。

嘆きの朝

人の気配で、千草は目を覚ました。

「誰？」

と、布団に起き上る。

廊下を踏む、かすかな足音。

「誰なの？」

千草が布団を出て問うと、

「騒ぐな」

ガラリと襖《ふすま》が開いて、白刃が突き出された。

「——何の用です」

と、千草は頭巾《ずきん》をつけたその侍を真直ぐに見返して、「お金ならありませんよ」

「およう という女に用がある」

「そういう患者はいません」

「母親がここにいるはずだ。娘もここへ泊り込んでいると聞いた」

「それは……」

「素直に言え。言わねば――」

襖がガラッとさらに大きく開くと、他の一人がお国の喉《のど》に刀を突きつけている。

「この娘を死なせたいか」

お国は固く唇を結んで、じっと恐怖に耐えている様子だった。

千草も言葉が出ない。

「さっさと吐け！　急ぐのだ」

「分りました」

千草は寝衣《ねまき》の前をかき合せて、「およう さんの所へ案内すればいいのですね」

「そうだ」

「では、その子を離してやって下さい」

「おようを見付けてからだ」

千草はちょっと目を伏せて、

「お国ちゃん、怖いでしょうけど、辛抱してね」

「先生。私は大丈夫です」

と、お国が気丈に言った。

「こちらへ」

千草が燭台《しよくだい》を手に廊下を進んで行く。

「――ややこしい廊下だな」

「後から何度も建て増していますので」

と、千草は言って、戸の前で足を止めた。

「この先が患者の寝ている部屋です。おようさんもここに」

「よし。ここへ呼べ」

「分りました」

千草は戸を開けると、「あ……」

「どうした」

「薬の箱を出しっ放しに……。お国ちゃん、だめじゃないの！」

「はい、すみません」

「ぐずぐずするな！」

「つまずきますから」

千草が足下の箱を持ち上げると、傍の棚の上に上げた。

「――おようさん」

と、千草は呼んだ。「おようさん、起きて来て」

両側に木戸が並んで、千草の声に起きた者がいる気配だ。

「何をしている！」

と、侍が苛々《いらいら》と言った。

「お待ち下さい。疲れて眠っているのかと……」

「斬られたいか!」

「そんな声を出したら、おようさんも出て来ませんよ」

千草が戸の一つを開けると、「――およううさん」

と、体半分中へ入った。

さっき棚から手の中につかんでおいた小さなガラスびんのふたをキュッとねじって外すと、振り向きざま、侍の顔へ強い酸をかけた。

頭巾が焼け、目をやられて、侍はウォーッと叫びながら刀を取り落とした。

「どうした!」

もう一人が前へ一歩出る。お国が素早く床に伏せて、転るように逃れた。

「お国ちゃん!　逃げて!」

と、千草が叫んだ。

「目が――目が――」

侍が顔を両手で覆ってのたうち回る。

「おのれ!」

もう一人が刀を振り上げた。千草は覚悟した。逃れられない。

だが、その侍は突然呻《うめ》くと、よろけた。

刀を取り落として、その場に倒れる。

「次郎吉さん……」

と、千草が言った。

「もう大丈夫だ」

次郎吉は匕首《あいくち》を手に、息を弾ませていた。「しかし、まだ片付いたわけじゃねえ。お国、お前も千草さんと一緒にじっとしてな」

「はい」

「おようちゃんはどこにいる？」

「台所です」

と、お国が言った。

「あの……」

おようがこわごわやって来た。

「おようちゃん、お前あのときに――」

「ごめんなさい！」

おようがワッと泣き伏して、「お財布を、あの男の人が落としたんです。私、つい……」

「見せてみな」

「中はお金だけでしたけど……」

次郎吉はおようから財布を受け取ると、中を探った。

「――これか」

財布は二枚の布を合せてあって、その合間に折りたたまれた紙が入っていた。

「ご家老さん」

と、次郎吉が呼びかけると、「家老」が玄関に現われた。

「さあ、これがお探しのもんでしょう」

次郎吉が手渡すと、提灯《ちょうちん》の明りに照らして、

「――これだ！　では……」

「ご子息はちゃんと探し当てていなすったんですよ。三河仙八郎が側室のお相手。その財布を抜き取ろうとして斬ったんでしょうが、中を覗《のぞ》いて、その文が目に入らなかったので、『しくじった』と思い込んだ」

「では……役目を果しておったのか」

「しかし、町人として武士を斬ってしまい、捕えられればお家のもめごとが表沙汰《おもてざた》になる。それで自らお命を」

「かたじけない。――その二人は」

「けがはしていますが、死んじゃいねえ。三河仙八郎の道場仲間で、その側室のために働いてたんでしょう」

「では生かしておくわけにはいかん」

家老の後ろから、三人の若侍がバラバラと駆けて来て刀を抜く。

「お待ちなさい！」

と、千草が進み出て、「ここは人を治す所。刀を収めて下さい」

「邪魔すると、みんな斬るぞ！」

と、上り込もうとする。

そのとき、外に足音がして、
と、数人の侍が門から駆け込んで来た。

「その文をよこせ！」

「やってたまるか！」

と、家老が言った。「斬り抜けろ！」

三人の若侍がワッと刀を振って飛び出して行く。激しく刀の打ち合う音が門の外から聞こえた。

「小袖、門を閉めろ」

と、次郎吉は言った。「こっちにゃ関係ねえ。勝手にやらしとけ」

「ええ、そうね」

「お国ちゃん。その二人の手当を」

「はい」

――およらは廊下にペタッと座り込んでいたが、

「三平さんを殺したのは……私なんですね」

と、肩を落とした。

「手を下したのは、その二人さ。――手当したら、同心に引き渡しゃいい」

「そうしましょう」

と、千草は言った。「助けていただいて……」

「いや、千草さんこそ、巻き込まれて迷惑でしたろう」

「いいえ。きっと次郎吉さんが助けに来て下さると思っていました」

と、千草は言った……。


夜が明けて、門を開けると、表に「家老」を始め三人の死体があった。

「どっちが勝ったんだ？」

と、次郎吉は首を振って、「ともかく、自身番へ届けとこう。たまたまこの前で斬り合いがあった、ってことにすりゃいい」

——顔を焼かれた桑原と、傷を負った宮永は、千草の手当を受けて、おように詫《わ》びた。

店におようがいたことは突き止めたが、夜道を急ぐおようを見失い、三平の帰りを待ち受けて、居場所を訊《き》きだそうとしたのだった。

しかし、三平は言わなかった……。

「帰りましょ」

と、小袖は言った。「おようちゃんは？」

「はい……」

小袖がおようの肩を抱いた。

「元気出して。——さあ」

——この騒ぎから間もなく、ある藩の殿様が死に、側室の子が跡を継いだが、その子もわずか半年で死んでしまったという話が、江戸っ子の口の端に上り、またじきに忘れられて行ったのである……。

鼠、夜に賭ける

間男

その旅人は、せかせかと今にも走り出しそうな勢いだった。

「おい、辰吉《たつきち》さん」

と、次郎吉《じろきち》が呼んでも、耳に届かない様子。

もう一度、

「辰吉さん！　辰吉さんだろう？」

と、声を大きくすると、初めて足が止り、

「ああ、〈甘酒屋〉さんじゃありませんか」

と、笑顔になる。

「帰ったのかね、上方から」

「ええ、今戻ったところで」

次郎吉のよく知っている大工である。腕も良く、人柄もいいので、度々遠方からもお呼びがかかる。

「長かったね、今度は」

と、次郎吉は言った。「半年近かったんじゃねえか?」

「半年以上ですよ。ひと月か、せいぜいふた月で帰れるはずが、離れだけじゃなくて、母屋も頼むと言われちまって……。『お前さんの腕を見込んで』と言われりゃ、こっちも弱くってね」

「まあ、腕をふるえたのなら結構だ。お里《さと》さんが寂しがってるだろうぜ」

「何度か便りはしましたがね。こんなことなら、向うへ連れてきゃよかった」

「全くだ。早く帰ってやんな」

「お里に会ってましたか」

「いや、このところ見てねえが、何か変ったことがありゃ、話は伝わるよ。大丈夫さ」

「また、ご挨拶《あいさつ》は改めて」

「気づかいは無用だよ。じゃ、またな」

「失礼します」

辰吉は足早に行ってしまった。

その後ろ姿を見送っていた次郎吉へ、

「今の、辰吉さん?」

と、やって来たのは妹の小袖《こそで》。

「ああ。たった今、上方から戻ったそうだ」

「恋女房に一刻も早く会いたいのね。あの急ぎようったら」

と、歩き出しながら小袖が微笑む。

「ああ、その気持は分るぜ。あれだけ可愛いかみさんがいちゃな」

「羨《うらやま》しい？　兄さんもおかみさん、もらったら？」

「よせやい。こんな稼業で世帯なんか持てるもんか」

〈甘酒屋〉の通称は、ただ「遊び人」の意味だが、次郎吉の本業は〈鼠〉と呼ばれる盗《ぬす》っ人《と》である。

「ここんとこ、夜中に出かけないわね」

と、小袖が言った。

「下調べに手間をかけりゃかけるほど、いい仕事ができるんだ。運に任せるのは腕のない奴だよ」

と、次郎吉は言ったが……。

妹にも、「いつ、どこへ入ったか」は話さないのが本来だ。ま、あれこれ余計なことに係《かかわ》ると、小袖の小太刀の腕を借りることもあるのだが……。

その夜は、雨になって、次郎吉も出かけるのはよした。

雨の方が、物音など気付かれにくくていい点もあるが、何といっても瓦《かわら》が滑りやすくなる。いざ、追われたときには命取りになりかねない。

しかし、早目に床に入った次郎吉だが、この夜は夜中に叩《たた》き起こされることになってしまった。

——激しく戸を叩く音に、次郎吉も小袖も瞬時に目覚めた。

「どなた?」

と、小袖が訊《き》く。

役人が次郎吉を捕えに来たという気配がないのは、小袖も感じていた。

「次郎吉さん！　お願い、開けて！」

という女の声。

「お里さんじゃねえか?」

次郎吉がその声に思い当る。

「お里さん?」

小袖が急いで戸を開けると、

「ありがとう！」

と、転り込むように入って来たのは、寝衣《ねまき》の裾《すそ》も乱して、裸足《はだし》が泥にまみれたお里だった。

「雨の中を——。どうしたの？」

と、小袖が抱きかかえるようにして上げる。

「畳が泥で——」

「構やしねえよ」

次郎吉は手拭《てぬぐ》いをつかむと、「濡《ぬ》れねずみじゃねえか。ともかく着替えねえと」

しかし、お里は畳に手をついて、

「助けて下さい！」

と、頭を下げた。「あの人に殺される！」

次郎吉と小袖は顔を見合せた。

「お里さん、『あの人』って、辰吉さんのこと？」

「私を追いかけて——」

と、お里が言い終らない内に、バタバタと水をはねる足音がして、

「ここにいやがったな！」

辰吉が腕をまくって、右手にのみをつかんで現われたのである。

「辰吉さん！　どういうことなの？」

小袖が、素早くお里を背後にかばって、「わけはともかく、頭を冷やして！」

「そうはいかねえんだ！　そんな女、この手で息の根を止めてやらなきゃ気が済まね

え！」

「頭に血が上ってるね」

次郎吉は穏やかに、「まずそののみを置きな。話はそれからだ」

「やかましい！」

辰吉は次郎吉をにらみつけると、「こいつの次は、あんたも覚悟しやがれ」

「何だって？」

辰吉がのみを振り回して、次郎吉の方へ殴りかかった。次郎吉は素早くよけると、

「危ねえじゃねえか！」

と、辰吉の足を払った。

辰吉が前のめりにドッと倒れる。そして、短く「うっ」と呻《うめ》いた。

「――兄さん」

「うん。――おい、辰吉さん！」

次郎吉が抱き起こすと、「いけねえ」

と言った。

辰吉は、うつ伏せに倒れた拍子に、のみで自分の腹を抉《えぐ》っていた。

お里が悲鳴を上げる。

「畜生！」

次郎吉は、辰吉の傷口へ手拭いを押し当てたが、たちまち血に染る。

「小袖！　誰か叩き起こして、千草《ちぐさ》さんを呼びに行かせろ！」

と、次郎吉は怒鳴った。

「分ったわ。ともかく血止めをして」

「ああ、何とかする。お里さんは、お向いにでも預けるんだ」

「ああ、あなた……」

お里は泣きじゃくりながら、小袖に支えられて、出て行った。

「――辰吉さん、しっかりしろ。痛《いて》えだろうが」

辰吉が呻いて、

「あんたが……あんたが相手なのか」

と、苦しげに言う。

「相手だと？」

「お里の……お腹の子の父親か……」

次郎吉は目をむいた。

「急所は外《そ》れていますから」

と、千草は血のついた手を桶《おけ》の湯で洗って、「命に別状はありません」

「すまなかったね。この雨の中、あんたも濡れちまって」

「これが医者の役目です」

と、千草が微笑んだ。

「先生」

と、一緒にやって来たお国《くに》が言った。「熱は下りました」

「そう。もう大丈夫だわ」

と、千草は肯《うなず》いて、「昼前に、誰か人を頼んで運んで来ていただけます？」

「ああ。駕籠《かご》でゆっくりやらせるよ。――しかし、びっくりした！」

「この人のおかみさんは？」

「向いの家で、小袖がついてる」

「ご亭主が半年家を空けて、帰ってみると、おかみさんが身ごもっていて……」

「四月《よつき》だっていうんだから、カッともなろうな。しかし、何だって俺が疑われるんだ」

と、次郎吉は苦々しげに言った。

「次郎吉さんは女子《おなご》に人気がおありなんでしょ」

「千草さんまで、そんなこと言わねえでくれよ」

と、次郎吉がますます渋い顔になった。

「すみません。次郎吉さんがそんな方でないことは分っていますわ」

「そう言ってもらえると……」

「――兄さん」

小袖が戻って来た。

「どうした、お里さんは？」

「やっと落ちついた様子だから、頼んで来たわ。辰吉さんは？」

「今眠ってる。命は取り止めた」

「良かった！　千草さん、いつも兄さんが変なことばっかりお願いして、すみません」

「俺のせいじゃねえぞ」

と、次郎吉がむくれている。「大体、辰吉さんが上方へ行ってから、お里さんとは道で会ったりはしたが、あの家に上ったこともねえ」

「でも、ともかく誰か男がいなければ、身ごもることはないんですから」

と、千草は言った。

「まあ、そりゃ確かだ。――おい、小袖、千草さんに何か着る物を貸してあげな。すっかり濡れちまってる」

「いえ、すぐに帰れますから大丈夫です」

と、言ったとたん、千草は派手にクシャミをした。

「風邪ひいちゃいけないわ。千草さん、着替えて。お国ちゃんは大丈夫？」

「はい！　こんぐらいの雨で風邪ひいてたら、女中なんかつとまりません」

と、お国は自慢気に言ったが――こちらもそう言ったとたんに、

「クシュン！」

「はいはい、二人とも着替えて！　兄さん、出てって」

「ああ……」

次郎吉が戸を開けると、

「小袖ちゃん！」

と、向いの家のおかみさんが飛び込んで来た。「あの女の人がいなくなっちまったよ！」

怪しい影

「どうだった？」

と、小袖が道で待っていて、すぐに訊《き》いた。

「別人だ」

と、次郎吉は川べりから戻って来ると言った。「どう見ても六十過ぎだ。それに小せえしな」

「そう……」

小袖も次郎吉も、ホッとしてはいたものの、川に上った死体を見たばかりでは、いい気持はしない。

「千草さんとこに寄る？」

「いや、昨日も行ったばかりだ」

と、次郎吉は歩き出しながら、「——辰吉さんの家へ行ってみよう」

「だって、今は誰もいないんでしょ？」

「お里さんの所へ男が通っていたとか、そんな所を近所の誰かが見ているかもしれねえ」

「あ、そうね。——元はと言えば、お里さんが身ごもったことですものね」

「ご亭主が留守だからって、男を引き入れるような人じゃねえとは思うんだが……」

と、次郎吉は言った。

辰吉の家は、大工の多い町の端近くで、辰吉の腕の良さは、まだ棟梁《とうりよう》としては若いが、立派に一軒を構えていることでも分る。

「あら、誰かいるわ」

と、小袖が言った。

よく晴れた日で、庭先に布団を干してバタバタと叩《たた》く音がしていたのだ。

「まさか、お里さんじゃあるめえ……。おい、誰だい？」

と、声をかけると、

「あら、〈甘酒屋〉さん」

と、額の汗を拭《ぬぐ》ったのは、同じ大工仲間のおかみさんで、

「やあ。あんた、確か仁介《にすけ》さんの――」

「ええ。仁介の女房のくらですよ」

「そうそう。くらさんだった。――辰吉さんに頼まれて？」

「そういうわけじゃないけど、大工同士、けがでもしたときは役に立つようにしていますのさ。ともかく玄関からお入りなさい」

垣根越しに話していた次郎吉たちだったが、一応上ってみることにした。

くらは、もうかなり年齢のいった大工、仁介の女房だが、後妻なので少し若い。

「――辰吉さんがすっかりお世話になったそうで」

と、くらが畳に手をついて頭を下げる。

「いやいや、成り行きでさ。それよりふしぎなのはお里さんのことだ。どこへ行ったか、心当りはないですかね」

「それがさっぱり。──その辺の大工仲間でも、みんな狐につままれてるようなんですよ」

「まあ、くらさんも聞いていなさるだろうが、お里さんがその……」

「身ごもってたってんでしょ？　私ゃ、とても信じられませんよ」

と、くらは首を振って、「そりゃあ、よく辰吉さんを支えて、家のことも、大工同士の付合も、きちんとこなしてましたからねえ」

くらの言い方には、少しも取りつくろうようなところがなく、本心からそう思っていたという印象だった。

「すると、心当りはねえんですね？　つまり──」

「お里さんの相手のことですね。それも一向に。もちろん、辰吉さんが帰った晩のあの騒ぎからこの方、この辺の女房、みんな寄るとさわると、『あんた、何か知ってた？』って話になってますけどね。だあれも、誰それとお里さんが怪しかったなんて言うのはいませんよ」

「そいつは妙な話だね」

「本当に。──まあ、ここんとこお里さんがふさいでたのは確かですけどね。それは、身ごもったってことが自分じゃ分ってたのと、便りがあって、辰吉さんが帰って来るのを知ってたからでしょう」

次郎吉は腕組みして、

「全く、ふしぎなこった。——今心配なのは、お里さんがどこぞで身投げでもしてやしねえかってことでしてね。今も、一つ土左衛門《どざえもん》が上ったってんで、見て来たところでさ」

「まあ、すみませんね。この辺でも、お里さんを見かけた者がないか、気を付けちゃいるんですが」

「辰吉さんの傷は、幸い大したことはなかったが、何しろ当人ががっくり来てるんでね。『いっそ死なせてくれりゃ良かった』なんて言い出す始末ですよ」

「そう言いたくなる気持は分りますね。——でも、早いとこ辰吉さんに戻って来てもらわないと、辰吉さんが引き受けてなすった仕事がどんどん遅れますからね。職人で、辰吉さんといつも組んでた者も多いんで、困ってますよ」

「なるほど。その辺を、一つ大工仲間の方が辰吉さんに話して下さるといいですね。俺が言ってもピンと来ねえでしょうから」

「うちの人にそう伝えて、誰かを見舞にやりますよ。いきさつがああだったんで、ついみんな遠慮しちまって」

「どうかよろしく」

次郎吉はそう言って、小袖を促して辰吉の家を出た。

た。


「——兄さん、誰か」

と、小袖が言った。

「うん、誰か立ち聞きしてやがったな。逃げる足音は聞こえたが」

次郎吉は小袖と目を見交わして、小さく肯《うなず》く。そして二人は左右へ分れて歩き出した。

細い路地の奥から出て来たのは、まだ十六、七の若い男。いっぱしの遊び人を気取っているようだが、顔立ちはあどけない。

左右を見て、迷った挙句、小袖の方を尾《つ》けようと決めたらしい。小走りに小袖の行った方へと駆け出した。

「——ちぇっ、どこだ？」

小袖の姿が消えてしまって、口を尖《とが》らしていると、

「私にご用、坊や？」

いつの間にか、小袖が背後に立っていた。

「びっくりさせやがって！」

「立ち聞きはいけないって、おっかさんに教わらなかったの？」

「子供扱いするなよ。俺はな、口入屋《くちいれ》の半蔵《はんぞう》親方のとこに世話になってる若い者だ」

「若いってことは分るわよ」

と、小袖は微笑んで、「辰吉さんに何か用だったの？」

「知るか」

と、肩をすくめて、「俺は忙しいんだ。行くぜ」

目の前を、次郎吉が遮った。

「――お前、ひょっとして仁介さんの息子じゃねえのか」

と、次郎吉は若い男の顔をまじまじと見て、「この前見たときは、こんなガキだったがな」

と、手で胸の辺りの高さを見せた。

「いつまでもガキじゃねえ」

と、口を尖らしている。

「その面だ！　ふくれるとちっとも変らねえ。弘六《こうろく》といったか」

「ああ。――邪魔すんなよ。放っといてくれ。俺は行くぜ」

と、行きかけたが――。

「まあ待ちな。ああして話を立ち聞きしたのは、少しは辰吉さんやお里さんのことを心配してのことじゃねえのかい」

「弘六さんっていうの？　何か知ってることがあれば教えてちょうだい」

と、小袖が言った。「早くお里さんを見付けないと、手遅れになるかもしれないわ」

その小袖の言葉を聞くと、弘六はなぜか皮肉な笑みを浮かべて、

「親父もお袋もおめでたいぜ。あんたたちだってさ」

と言った。

「そいつはどういうことだ？」

「辰吉のかみさんさ。あのお里ってのが、さもいい女房だったと思ってるみてえだけどよ、とんでもねえ話だぜ」

「ちゃんと話してみろ」

次郎吉は、鋭い目つきで弘六をにらんだ。弘六も少したじろいで、

「だからよ……。俺は毎晩遅く帰るんだ。お袋がうるせえから」

と言った。「少なくとも三、四度は見たぜ。お里が夜ふけに出かけてくのを」

次郎吉と小袖はちらっと目を見交わした。

「どこへ行ったか、知ってるのか」

「一度さ、面白《おもしれ》えと思って、後を尾けてったんだ。そしたら墓地に入ってくじゃねえか。ちょっと怖くなったけど、俺も男だ。我慢してついてったら……」

と、弘六は思わせぶりに間を取って、「荒れ寺の本堂に入ってったのさ」

「そいつは――賭場《とば》ってことか？」

「大当りだ。あのかみさん、博打《ばくち》をやりに通ってたんだぜ」

「お里さんが博打を?」

小袖がさすがにびっくりしている。

「たまに行ったって様子じゃなかったぜ。賭場の元締が、お里に『今夜は遅いね』って言ってるのが聞こえたからな」

と、弘六は言った。「博打の借金で、体を売ってたんじゃねえのか」

次郎吉は少し厳しい表情で、

「弘六。お前がそんな嘘をついても一文にもならねえ。たぶん本当のことだろう。しかしな、人にゃ、思いもかけねえ事情ってもんがあったりするんだ。分るか。その話、口外しちゃならねえぞ」

「分ったよ」

「俺をその賭場へ連れてってくれ」

と、次郎吉は言った。「辰吉さんに話す前に、確かめておきたい」

丁か半か

「お里が博打を?」

辰吉は、ポカンとして次郎吉を見ていたが、「――冗談じゃねえんですね」

「知らなかったかね」

と、次郎吉は訊《き》いた。

「まさか……。夢にも思ってませんよ」

辰吉は首を振って、「じゃ、あいつはその借金で――」

と言いかけたが、

「そうだ。そう言やあ……賽《さい》を持ってた」

と、思い出した様子で、「うん。二つ、賽を手の中で転がしたり、畳の上にポロッと投げてみたりしてたが……。子供のおもちゃと同じだと思ってた。まさか博打をやるなんて……」

「でも、それは大してふしぎなことでもないでしょう」

と言ったのは、辰吉の傷を見に来た千草である。

「だって、女が博打？」

「男は『飲む、打つ、買う』って言うけれど、お酒の好きな女もいるんだから、『打つ』のが好きな女がいたって、おかしくないでしょ？」

「先生が言うと、何だかもっともらしく聞こえるけど……」

「まあ待ちなさい」

と、次郎吉は言った。「その賭場の元締は俺もよく知ってる奴でね。会って話を聞いてみたんで」

「ああ。あの女かい」

と、元締はすぐに肯いて、「そりゃあ憶《おぼ》えてるさ。賭場に三日にあげずやって来る女なんて、他にゃいねえ」

次郎吉は手土産にした酒を注いで、

「辰吉って大工のおかみさんだ。知ってたかね?」

「いや。いちいち名前なんか聞かねえよ」

「そりゃそうだな。——大分借金があったかね」

「借金? そんなものねえよ」

「全然?」

「ああ。——いや、俺も長いこと賭場を開帳してるが、あれほど頭のいい客は見たことがねえくらいだ」

「というと?」

「勝っても負けても、絶対に熱くならねえ。ひと晩に損する額を決めといて、そこから一銭たりともはみ出さねえ。みごとなもんだぜ」

「すると、大損したってことは——」

「ねえよ。それにいい勘をしていて、ま、たいがいは少し勝って帰ったよ」

「そうか……」

「急に来なくなったんで、どうしたのかと思ってたが……。亭主が帰ったんじゃ、夜中に出ちゃ来られねえな」

「最近は姿を見せないか」

「ああ。一向に見ねえ」

「そうか。――もし、やって来たら、俺に知らせちゃくれねえか」

「そいつはいいが……。手入れなんぞねえだろうね」

「その心配は無用だ。俺はそのおかみさんに用があるだけだ」

「分った。他ならぬ〈甘酒屋〉さんの頼みだ。もし現われたら知らせよう」

「よろしくな。さ、もう少し行こう」

と、次郎吉は酒を注いだ。


「お里さんは、博打にかけちゃ玄人らしいですよ」

次郎吉の話に、

「お里が！――いや、びっくりした」

と、辰吉は呆然《ぼうぜん》としている。

「傷は大分良くなりましたね」

と、千草が言った。「もう二、三日で、動いても大丈夫でしょう」

「そうですか。――いや、女も医者になる時代なんだな」

と、辰吉は苦笑して、「女房が博打をやるくれえで、びっくりしてちゃいけねえのかな……」

往診に出る千草と一緒に外へ出て、次郎吉は、

「辰吉さんも大分落ちついたようだ。礼を言いますぜ」

と言った。

「医者の仕事ですもの」

と、千草は言った。「でも、お里さんのことを、辰吉さんは今でも案じてなさるんですよ。見ていると分ります」

「恋女房でしたからね。しかし、他の男の子を身ごもったとなると……」

「ええ。――もし見付かっても、また辰吉さんがのみを振り回すようなことにならないでほしいですけど」

「全くだ。ただ、面子《メンツ》ってもんがある。辰吉さんも人の上に立つ棟梁《とうりょう》だ。黙っちゃいられねえだろう」

「男はよその女に子を産ませても、咎《とが》めだてされないのに、女は殺されるんですの？」

「まあ、そりゃあおっしゃる通りだが」

と、次郎吉が笑った。

「次郎吉兄さん」

と、ついて歩いていたお国が言った。

「何だよ。聞き慣れねえ呼び方されると、ゾッとするぜ」

「私、前のお店で色々見て来ましたけど、男と女の仲くらい、分んないものって、ありませんね」

妙に大人びたお国の言葉に、次郎吉と千草が一緒に笑い出した……。

次郎吉は立木のかげで腕組みして立っている男をすぐに見付けた。

「使いをありがとう」

と、駆け寄ると、

「いや、役に立つもんかどうか分らねえがね」

と、賭場《とば》の元締は言った。

「例のおかみさんのことかい」

「あの女は現われてねえよ。ただな、その女のことを賭場へ訊きに来た野郎がいるんだ」

「そいつも客かね」

「ま、いい鴨だね」

と、元締はニヤリと笑って、「ああいうのもいてくれねえと、こっちも商売にならねえ」

「かなり負けがこんでたのか」

「うん。一度かなりの金を持ってやって来たが、全部すっちまって、死人みてえに青くなって帰ったよ」

「そいつがお里さんのことを?」

「名前は知らねえようだったが、間違いなくあの女のことだ。どこの誰か教えてくれ、と言ってな」

「なるほど」

「知らねえと言って追い返したが、そのとき、手下に後を尾《つ》けさせた」

「分ったのかね」

元締は顎《あご》でしゃくって、

「あそこだよ」

瀬戸物を商う店としては大きな構えの〈玉子屋《たまごや》〉とある。

「あの店の者か」

「手代で、弥市《やいち》って名だ」

と、元締は言って、「ほら、今、客を送り出してる」

前掛をつけた二十歳くらいの若者で、客を送って、ていねいに頭を下げるさまは、いかにも慣れていた。

「弥市か。――ありがとうよ」

「なに、お安いご用だ。〈甘酒屋〉さんも、たまにゃ顔を見せなよ」

「いつも懐が空っ風でな」

と、次郎吉は笑った。

「じゃ、俺はこれで」

「すまなかったな。――ああ、元締。あの弥市って奴、今でも賭場に来てるのかね」

「いや、大負けしたあの日以来、博打《ばくち》はこりたんじゃねえのか。だが、好きなら、必ずまたやって来らあ」

「やめられりゃ偉いがね」

次郎吉はそう言って、今度は自分が立木のかげで眺めていた。

大負けした、か……。

あんな手代の身で大金は持てまい。負けた金は、自分の金ではなかったろう。

店の金に手をつけて、放心状態で賭場を出る。そんな輩《やから》を、次郎吉は年中見ていた。

「いらっしゃいませ」

次郎吉がフラッと店へ入って行くと、すぐに弥市がやって来る。

「ちょいと洒落《しゃれ》たお猪口《ちょこ》が欲しいんだ。徳利《とっくり》と揃いでな」

「かしこまりました。お好みはどういう……」

「ま、渋いのがいいな。——この辺か」

「お値段はいかほどの物をお望みでございましょう」

——次郎吉は、弥市の様子をそれとなく見ていた。

真面目な男らしい。この男がなぜお里を探しているのか。

「弥市」

と、店の奥から、大分髪の白くなった主人らしい男が出て来た。「弥市、いるのか」

「ただいまお客様でございます」

「ああ、これは失礼しました」

主人も手代も、至って感じはいい。

次郎吉は、他に少し大きめの土鍋《どなべ》を買い、

「ちょっと重いな。途中で落として割ってもつまらねえ。すぐ近くだ。持って来ちゃくれねえか」

「かしこまりました。弥市、お供しな」

「はい。ではすぐお包みいたします」

弥市は風呂敷《ふろしき》で品物をくるむと、両手に抱えた。

「すまねえな。ちょっと借りるぜ」

と、主人へ声をかけ、次郎吉は外へ出た。

少し離れて、弥市がついて来る。

次郎吉は川べりの人気のない道を選ぶと、途中足を止めて振り返り、

「弥市さんといったな」

「はあ」

「賭場へ、お里さんのことを訊《き》きに行ったそうだが」

弥市が一瞬青ざめた。

「ご存じですか。お里さん、とおっしゃるので」

「お前さんが探してるのは、たぶん大工の辰吉って男の女房だ。名はお里。辰吉は長く上方で仕事をして、先日帰って来た」

「その……お里さんに会えましょうか」

「俺たちも探してるところだ。どこにいるのか、心当りはねえか」

「私にはさっぱり……。では、お里さんはお家《うち》には――」

「それが、とんでもねえことになってるのさ」

次郎吉が、お里が姿を消したいきさつを説明すると、弥市はよろけて、力なくしゃがみ込んでしまった。

「まさか……そんなことに……」

と、顔を伏せる。

「どうやら、思い当るふしがありそうだな。辰吉はそんなわけで、けがをしてる。どんな事情があったか、話しちゃくれないか」

弥市はしばらく言葉も出ない様子で、うずくまっていたが、やがて、

「ああ……。何てことだろう……。私は何ということをしてしまったんだ……」

呻《うめ》くような声で言うと、「――お話し申します」

と、ふらつきながら立ち上った……。

命の夜

まだまだ盛り上っている賭場の明りを背に、弥市は月明りの道へと出て来た。

満月で、足下もくっきりと見えるほど明るい。弥市は、冴《さ》え冴《ざ》えと冷たい夜をくぐ

り抜けるように歩き出したが……。

「あんた……」

木立のかげから静かに現われた女。

「――ああ」

弥市は足を止めると、「来てなすったんですね！」

「あのとき、あんたは誓ったじゃあないの。二度と賭場へは足を踏み入れません、と。再び賽《さい》は持ちません、って。ありゃ嘘だったの？」

女は髪も解《ほど》け、着物はすり切れて、大方野宿か寺の軒下でも借りていたのだろうと思われた。

弥市が何も言わない内に、

「そいつを責めねえでくれ、お里さん」

と、声がした。

お里が息を呑《の》んで、

「次郎吉さん……」

「あんたを探して、大勢が心当りを尋ね歩いたが、見付からねえ。賭場《とば》の元締から、この弥市さんのことを聞いてね。――この賭場へ、もしかしたらあんたがやって来るんじゃねえかと思い、弥市さんにこの三日、通ってもらってたんだ」

「本当だ」と、次郎吉は言った。「しかし、弥市さんは、一切賭《か》けちゃいねえよ。

「それじゃ……」

「なあ、何もかも、辰吉さんへ打ち明けてみちゃどうだい。その上で、辰吉さんがどうするか。そいつは俺にも分らねえが」

「あの人に今さら……見せられる姿じゃありません」

お里は顔をそむけた。

「もう見てるぜ」

と、辰吉の声がした。

まだ杖《つえ》をついている辰吉に、小袖と千草が付き添っていた。

「あんた……」

「お里。——心配したぜ」

「ごめんなさい……。どうしてあのとき、あんたに素直に殺されなかったのか、ずっと後悔していたのよ」

「いや、俺も……カーッとなって、ついのみを振り回しちまったが……。手前《てめえ》で手前を刺してりゃ世話はねえや」

「傷は？　具合はどうなの？」

「ああ。この先生のおかげで、もう大分いい。以前の俺なら、自分でこさえた傷なんぞ、みっともなくって、医者にゃかからなかったろう」

　と、辰吉は言って、「――あんたが弥市さんか」

　弥市はタタッと駆け出すと、辰吉の前へ土下座して、

「親方！　悪いのはこの私です！　どうぞ、私を斬るなり突くなりなすって下さいまし。おかみさんにゃ何の罪もございません」

　と、両手を地面につき、涙声を出す。

「まあ、そう言われてもな……。ともかく話してみちゃくれねえか」

　と、辰吉は言った。

「私は……生れてこの方、博打《ばくち》なんぞ、やったことがありませんでした。つい、何か月か前までは……」

　と、弥市は言った。「今のお店にご奉公したのが十歳のとき。それから十年余り、ただ言いつけられた通りに働いて参りました。半年ほど前から、旦那《だんな》様が『店の商いをお前に任せる』とおっしゃって……。正直、嬉《うれ》しいよりも、どうしていいか分らず、急に力が抜けてしまいました……。そんなとき、往来でバッタリ、同じ村の幼なじみと出会い……。そいつの誘いで、賭場という所へ、初めて足を踏み入れたんでございます」

「底なし沼へ、自分から入ってくようなもんだな」

と、次郎吉が言った。

「おっしゃる通りで。――初めの内は、こづかい銭を賭けるだけでしたが、じきにお店の金に手をつけるようになって……。気が付くと、十両もの金を損していたのです」

「それを取り戻そうとしたんだな?」

「はい。――旦那様の手文庫から三十両を持ち出して、十両の損を絶対に取り返してやる、と意気込んで、あの夜、賭場へ入ったのでございます……」

私のお父っつあんは、若いころ博打うちだったの。

おっ母さんと知り合って所帯を持つときにスッパリ足を洗い、堅気になった。でも、真面目に働きながら、いつも賽を離さなかったわ。

私も、小さいころからよくお父っつあんの賽を持って遊んでた。お父っつあんは、博打のやり方を教えてくれたんです。

でも、必ず博打の怖さも一緒に教えてくれた。賭け事を決してしちゃならないとは言わないが、降り時を心得て必ず守ることだ、って言ってました。

私が家でいつも振っていた賽は、お父っつあんの形見なんです。

あんたが上方からなかなか帰らない毎日、私は寂しくって、方々散歩をして回りました。そのときに、たまたまあの賭場のそばを通ったんです。

荒れ寺なのに人が入って行くのを見て、何だろう、って覗《のぞ》いてみたのが、あそこへ通うきっかけでした。

初めはこわごわ足を踏み入れたけど、やってみたら面白い。どこの誰か、なんてこともせんさくしないし、気の楽な場所だと思ったわ。

お父っつあんの教えを守って、負けたらすぐに引き上げるようにしたんで、目立って損をすることもなかった。むしろ、少し儲《もう》けて帰ることの方が多かったと思うわ。

でも、慣れてくると、博打に身上を注ぎ込んで、一文無しになって帰ってく人とかが目について、段々辛《つら》くなって来た。

そしてあの晩のこと……。

私はたまたま、この弥市さんの隣に座った。もうそのときには、弥市さんはずいぶん負けが込んで、顔つきがただごとじゃなかったわ。

それまでも、時々顔は見ていたけど、あの晩は別人のようだった。

私は賭けたり賭けなかったりで、様子を眺めてた。その内、賭場の空気が変って来たの。弥市さんは手持ちのお金を全部注ぎ込んで大勝負に出ようとしていた。

やめとけばいいのに、と思ったけれど、あそこでそんな話はできない。でも、私には弥市さんの体が、まるで高い熱でも出した人のようにブルブル震えているのがよく分った。

そして――賽が振られ、弥市さんは負けた。

元締さんが、

「お気の毒だね。またおいで」

と言うのが聞こえたけど、弥市さんの耳にゃ入らなかったでしょう。

弥市さんは、夢うつつで歩いてる人のように、フラフラと賭場を出て行ったわ。その後ろ姿を見て、私には分った。――この人は死ぬ、って。

どうしてか分らないけど、はっきりそう分ったの。

私は切り上げて賭場を出ると、弥市さんを探したけど、もう近くには姿が見えず、夜道だし、諦《あきら》めて帰ろうとした。そしたら――川のほとりで、幽霊みたいに立ってる弥市さんを見付けたの。

弥市さんは、川の面をしばらくじっと見ていたと思うと、草履を脱いで、川の方へ行きかけた。私は夢中で駆け出して、弥市さんの袖《そで》をつかまえた。

弥市さんはびっくりしていたけど、私のことをすぐ分ったようで、

「後生ですから死なせて下さい」

と泣いていた……。

お店の金、三十両。前からの損を加えたら四十両余り。――博打ですって、生きな

がらえるわけにはいきません、と泣きじゃくっている。

私は——博打の厳しさもよく知ってたから、損して身投げする人をいちいち心配して助けていたらきりがないってことも分ってたわ。

でも、どうしてだか……この人だけは救わなきゃ、って、そう思った。今でもよく分らないわ。

ただ、一つ、はっきりしているのは、私が救わなかったら、この人は死ぬってことだった。

でも、どうしたら助けられる？　もとより四十両なんて大金はどこを探してもありゃしないし、力ずくで止めようとして、間違ったら私まで一緒に川へ身投げってことになる……。

そのとき……どうしてあんな真似をしたのか、自分でも分らない。

私は弥市さんの手をギュッと握り、

「おいでなさい！」

と引張っていた。

弥市さんは転びそうになりながら、私に引張られて、家まで一緒にやって来た。行灯《あんどん》の灯一つの部屋へ上ると、夢中で歩いて来たんで、二人とも息を弾ませて、少し汗もかいていた。

黙って突っ立っているこの人を見ながら、私は帯を解いて、着物を脱いでいた……。家にいるのに、あんたのことはまるで考えていなかった。この人を救わなきゃ、って、それだけを考えていたの……。

私は布団の上に弥市さんを押し倒して、この身を抱かせた。

この人に、「生きる」ってことを教えたかった。女を知らないこの若いお人に、生きるってのは、こんなに夢中になれて、熱いものなんだって、教えたかった。生きていりゃ、やがて惚《ほ》れた女ができたとき、こうして抱き合えるんだよ、って言いたかった……。

淡々と語っていたお里の口調は、さすがに枕を交わした段になると口ごもりがちになった。

しかし、聞いている辰吉の顔は全く変らず、眉《まゆ》一つ動かさない。

「私たちはそのまま眠ってしまい……」

と、お里は続けた。「一番鶏《どり》の鳴く声でハッと目が覚めたの。そして、自分が何をしたのか気が付いて血の気がひいたわ」

お里は弥市を見て、

「この人も目を覚ました。悪い夢からさめたように、急いで二人とも着物を着て、この人は座り直して、『死ぬのは卑怯《ひきょう》なことだと、分りました』と言った。店のご主人に詫《わ》びて、もちろん店は追い出されるだろうけど、どこで何をして働いても、少しずつお金は返して行きます、と……。私は、ご近所の誰かが起き出して来やしないかと、そっちの方が心配で、弥市さんを勝手口から送り出したんです」

お里は目を伏せて、「そのときになって、初めてあんたを裏切ったってことに気が付いたわ……。恐ろしさに畳に突っ伏して泣いた……」

弥市が泣いて口を開いた。

「私がお店に戻ると、旦那《だんな》様と奥様が心配して起きていなさったんです。私は改めて、何てことをしたのか、どうお詫びしていいかも分らないまま、土間に両手をついて、正直にすべてを打ち明けました。——何年かかっても、必ず使い込んだお金は返します、と申し上げて……」

「しかし、結局クビにゃならなかったんだね」

と、次郎吉が言った。

「はい。それが……。しばらくじっと黙ってなすった旦那様が、笑い出されたんです。びっくりしていますと、旦那様は、『いや、主《あるじ》が主なら、手代も手代だ』と、おっしゃって。何と、旦那様も他のお店で番頭になったとき、博打《ばくち》に夢中になって、お店の金を使い込んだことがあるそうなんです。私が呆然《ぼうぜん》としていますと、『私の目が届かないのも悪かった』と、おっしゃって、『懸命に働いて、少しずつ返しておくれ』と……。ひと言のお叱りもなかったんです」

弥市の両眼から大粒の涙がこぼれた。

「良かったわね」

と、お里が言った。

「あなたがああして私に死ぬのを思い止《とど》まらせて下さらなかったら、今ごろ私はこの世におりません。――改めてお礼に、と思ったんですが、気が動顚《どうてん》して、お家《うち》がどこだったかどうしても思い出せず……」

「いいんですよ。あなたが、そうやってしっかりやり直してるのが、私には何より嬉《うれ》しい」

と、お里は言って、「でも――その内、私は自分の体がとんでもないことになってるのに気が付いたの。どこかで堕《お》ろさなきゃ、と思いながら、恐ろしくて。――そこへあんたが帰って来た。私は覚悟を決めていたんです。あんたに打ち明けてから自害しよう、って。殺されるならもっと本望だった。でも、いざあんたが怒ってのみをつかむのを見ると、怖くなって逃げ出しちまった……」

お里は一つ息をつくと、

「あんたを罪人にはしたくない。このまま私は死にますから、どうか許して下さい」

「いけません！——親方、この私を殺して、おかみさんを許してあげて下さいまし」

と、弥市が進み出る。

辰吉はしばらく何も言わずに、お里と弥市を眺めていたが、やがて口を開いた。

「何て話を聞くもんだ。なあ〈甘酒屋〉さん。こんなはめになった亭主ってのは、世の中に二人とはいねえだろう」

「確かにね」

「俺はどうすりゃいいんだ？　教えてくれ」

「そいつあ、あんた以外の誰にも分らねえこったよ」

と、次郎吉は言った。

すると——いきなりお里が立ち上ると、

「あんた！　許して！」

と、叫ぶように言って、寺の中へと駆け込んで行ったのである。

あまりに突然で、次郎吉も突っ立っていた。

「兄さん！」

「ああ」

次郎吉が真先に後を追った。

しかし、寺の中は荒れ果てていて、背丈ほどもある雑草が伸びているので、お里がどこへ行ったか、見えない。

「お里さん！　どこだ！」

次郎吉は賭場へ入る渡り廊下へ飛び上った。

「兄さん！　あの木――」

小袖が下で指さす。

木立の太い枝に、輪にした腰紐《こしひも》をかけたお里が、幹を少しよじ登って、首を輪に通すところだった。

「お里！」

と、後から追って来た辰吉が叫んだ。

お里の体が枝にぶら下って揺れた。

「小袖！　小太刀を」

と、次郎吉が言った。

小袖が小太刀を抜いて次郎吉へ投げる。次郎吉はそれを受け取ると、首を吊《つ》って揺れているお里を一瞬目測して、小太刀を投げつけた。

小太刀が真直ぐ空を切って飛ぶ。その刃が枝にかけた紐を断ち切って、お里の体は地面に落ちた。

「お里！」

辰吉が草を分けて、地面に倒れたお里へと駆け寄る。お里が咳込《せきこ》んだ。

「馬鹿な真似しやがって！」

辰吉がお里を抱き起こした。

「あんた……。死なせておくれ」

「よせ！　お前を死なせてなるか」

「だって、私は……」

「分った。もう何も言うな」

「他にどうしようも……」

「何も言うなと言ったろ」

「でも……」

「しょうがねえ。お前がどこかで捨て子を拾って来たと思やいい」

「あんた……」

「お前によく似た捨て子なら、俺は可愛がれるぜ」

お里はしばらく辰吉の顔をじっと見ていたが、やがてワッと泣きながら、その胸にしがみついた。

——次郎吉は小太刀を拾って来ると小袖に返して、

「しばらく二人は放っといた方が良さそうだな」

と言った。

寺から外へ出ると、千草が立っていた。

「千草さん、夜遅くにわざわざすみません」

と、小袖が言った。

「いいえ」

千草は微笑んで、「もう、後は辰吉さん、お宅で手当すれば大丈夫でしょう」

「まあ、良かったな」

と、次郎吉は言って伸びをした。「人助けにも色々あるもんだね」

「次郎吉さん」

と、千草が言った。「あの紐を断ち切った技、おみごとでした」

「え？　ああ……。いや、まぐれってもんでさ」

「とてもそうは見えませんでしたわ」

と、千草は首を振って、「次郎吉さんには、私の知らない顔がおありなんですね」

次郎吉はちょっと詰った。

千草は軽く会釈すると、寺の中へと戻って行った。

「──兄さん」

「うん。仕方ねえ。これ以上は知らねえ方があの人のためだ」

次郎吉はそう言うと、月明りの夜道を、何かにせかされるように立ち去った……。

鼠、弓をひく

島帰り

「何の騒ぎだい」

と、次郎吉《じろきち》は言った。

しかし、「騒ぎ」という言い方は正しくなかった。

そこには確かに人は大勢いたが、誰も口をきいていなかったのである。

いい加減古びた寺の本堂は、外と少しも変らない肌寒さだった。

住職がいなくなって五、六年だが、たちまち寺は荒れ果てて、何十年も荒れ寺のままだったように見えた。

次郎吉が本堂を覗《のぞ》いたのは、寺の前を通りかかって、人の気配があったので、もしや賭場《とば》でも開帳しているのかと思ったからだった。

しかし、およそそんな空気ではない。

「——何だ、〈甘酒屋〉さんじゃねえか」

と、顔見知りの男が気付いて、「ちょうどいいところへ来てくんなすった。なあ、ちょっと智恵を貸してくれねえか」

いざとなれば、すぐ失礼できるように、上りもせずに縁側へ腰をおろし、集まった顔ぶれを見回した。

「もしかして、お前と同じ長屋の衆か」

と、次郎吉は訊《き》いた。「二、三、見覚えがある顔だ」

「ああ。俺のいる長屋の、これでみんなだ」

と言った男は、常吉《つねきち》という名だ。

「相談ごとかね」

「実は困ってるんだ」

常吉は腕組みをして、「俺たちの長屋に、どんな災難が降りかかって来るか知れねえ」

「だから私が言ったんだよ」

と、口やかましそうなおかみさんが尖《とが》った声を出す。「あんなことにゃ係《かかわ》るなって言うのに、あんたが変に偉そうなことを――」

「おい、おまつさん、そりゃないぜ。俺は長屋のためを思って、八丁堀の旦那《だんな》に力を貸しただけだ。大体、あんたが先頭に立って騒いでたじゃねえか」

と、常吉がムッとしたように言い返す。

「騒いじゃいないよ。あたしゃもともと声が甲高いから目立つんだ」

そいつは間違いねえな、と次郎吉は思った。

「それに、あたしゃ声は上げても手は出さないよ。鉢助《はちすけ》を痛めつけたのは吉見《よしみ》さんじゃないか」

と、おまつの矛先は、この長屋衆の中の唯《ただ》一人の侍へ向けられた。

侍といっても、髪は伸び放題、ヒョロリとやせて、風が吹いたら飛んで行ってしまいそうな貧乏浪人である。

「いや、それこそ迷惑千万」

と、浪人は渋い顔で、「鉢助が逃げようとするのを、拙者は止めただけだ」

「刀で斬りつけたじゃないかね」

「よしてくれ。拙者の刀はとっくに質で流れておる。あれは竹光《たけみつ》だ」

「――まあまあ」

と、次郎吉が苦笑して、「それじゃ何の話かさっぱりだ。おい、常吉さん、ちゃんと分るように筋道たてて話してくれ」

「いや、格別難しい話じゃねえ」

と、常吉が言った。「ちょうど一年ばかり前だ。長屋に魚屋の仁吉《にきち》ってのがいるんだが……」

「ああ、知ってる。商売熱心な、よく働く奴だろ」

「そうなんだ。かみさんを早くに亡くして、娘が一人。これがよくできた感心な子でな。お浅《あさ》っていって、十四歳だった」

常吉はちょっと間を置いて、「ところが、そのお浅が……ある日、暗くなっても手習いから戻らねえ。長屋中で捜したんだが……。翌朝、お浅は近くの神社の境内で見付かった。――着物をはぎ取られて、手ごめにされた挙句、首を絞められて殺されてた」

「ひでえ話だな」

「親父の仁吉は、見ているのも気の毒なくらい落胆して、もちろん商いどころじゃなかったよ。奉行所のお調べはあったが、誰がやったか、ひと月ほどしても、下手人は挙がらなかった」

と、常吉は続けた。「ところが、ひと月を過ぎたころに、長屋で『あいつがやったんじゃねえか』って、噂が流れ始めたんだ」

「今言ってた……」

「『お鉢』の『鉢』を書く、鉢助って奴だ。もともと、何をやっても長続きしねえ男で、たいていはブラブラして遊んでる。人付合いも悪くって、時々ひどく酔って暴れるんで、はっきり言って長屋じゃ鼻つまみもんだった」

「そいつがやったって証拠でもあったのかい」

「いや、何もねえ。ただ——誰かが、殺されたお浅のことを、鉢助が時々いやらしい目で見てた、って言ったんだ」

「それだけかい」

「今思えばな。——しかし、いつか長屋中がその話を信じるようになった。それが、仁吉の耳に入ったから、ただじゃ済まねえ。包丁を持ち出して、鉢助の所へ押しかけたんだ。だが、鉢助は裏から逃げ出しやがった」

「そりゃ逃げるぜ。包丁片手に来られたらな」

「そのときは、『逃げたのが下手人だって証拠だ』とみんなが思い込み、鉢助を追っかけて、取っ捕まえ、自身番へ突き出したんだ」

「お取調べは？」

「結局、鉢助はお浅殺しを白状したってことで、遠島になったんだ」

取調べで、石でも抱かされれば、誰だってやってもいないことを白状してしまうものだ。次郎吉はそういう事情をよく知っていた。

死罪にならず、島流しで済んだのは、奉行所でも、鉢助が本当の犯人かどうか疑っていたからではないのか。

「——ともかく、鉢助が流されて、やっと長屋も落ちついた。仁吉も魚屋の商売に戻っていた。ところが……」

常吉がちょっと口ごもって、「つい先月のこった。お浅と同じくらいの女の子が、やはり近くの空地で殺された。ちょうど通りかかった者がいて、下手人はその場で捕まったんだが……。その男が、一年前、お浅を殺したと白状したんだ」

「なるほど」

「そいつの住いの押入れから、お浅の着物も見付かって、確かにそいつがやったことだと分った」

「すると、鉢助は無罪放免ってことになるな」

「ああ。当り前のことだ。しかしな、鉢助が長屋へ帰って来たら、どうなる？ 罪もないのに島送りになった鉢助が長屋の連中を恨んでるのは分り切ってる。といって、長屋へ帰って来るのを止めるわけにゃいかねえ」

次郎吉にも長屋の住人たちの心配はよく分った。しかし、自分らのまいた種だ。

「〈甘酒屋〉さん、何かいい考えはないかね」

と、常吉は言った。

「ずいぶん勝手だわねえ」

と、小袖《こそで》が言った。

「全くだ」

次郎吉が酒をすすって、「――何もしてねえのに島流しになった奴こそ可哀そうだ」

「本当にね」

「おい、もう一本つけてくれ」

と、次郎吉は店の主人に言った。

「それで、兄さん、何て答えたの？」

「ともかく、その鉢助ってのが帰って来たら、長屋中で出迎えて、みんなで『申し訳ございませんでした』って詫《わ》びるしかねえ、って言ってやった」

「長屋の人たち、納得したの？」

「いいや、みんな、お互いに『お前が奴のことを下手人に違いねえって言ったからだ』とか、『俺は直接奴を殴ってねえ』とかって、なすり合いさ」

「困ったもんだわね」

「人間、なかなか自分が悪かったとは認めたくねえもんだからな」

「その長屋の大家さんは？」

「自分が責められるのがいやで、逃げ回ってるそうだ」

「その鉢助さんって、いつ帰ってくるの？」

「今日あたり、八丈との間の船が着く。たぶんそれに乗って来るだろうってことだ」

店の戸がガラッと開く。

「いらっしゃい！」

と、声が飛んだ。

「あら、お国《くに》ちゃん」

と、小袖が言った。

「障子の破れから、旦那さんの顔が見えたの」

と、お国が言った。

次郎吉はお国の後から入って来た千草《ちぐさ》を見て、

「こりゃどうも……」

と、腰を浮かした。

「次郎吉さん、先日はごちそうになりまして」

と、千草は会釈した。

「いや、とんでもない。――どうです、よかったら一息入れちゃ」

「はあ。でも、小袖さんとお二人でいらっしゃるのに、お邪魔では」

「いえいえ。ぜひご一緒に」

と、小袖も微笑んで言った。

「では……」

千草は、濃い緑色の上っぱりを着て、医術道具の鞄《かばん》をさげていた。お国も、同じ上っぱりを着て、それはまるで千草がそのまま小さくなったような印象だった。

「お国、少しはお役に立ってんのか」

と、次郎吉は言った。

代りに千草が、

「お国ちゃんはとてもよく働いてくれます。それに手先が器用で覚えも早いので、助かっています」

「そいつは結構」

「包帯の巻き方なんか、上手《うま》いものですわ」

「へえ」

「旦那《だんな》さん、ちょっとけがしてみません？　私、包帯してあげます」

「よしてくれ」

と、次郎吉は苦笑して、「それにその『旦那さん』はやめろって。人が聞いたら、何だと思うじゃねえか」

「じゃ、『次郎吉兄さん』でいいですか？」

「好きにしろ。——これからどちらかへ？」

「いいえ、患者さんのお宅を訪ねて、もう帰るところです」

と、千草が言った。

「千草先生、凄《すご》く人気があるんですよ」

と、お国が言った。「診察に行く先々で、『ぜひうちの嫁に』って言われて」

「お国ちゃん」

と、千草は少し照れたように、「当分お嫁に行くことなど考えていません」

「何か、どうです？　ここは豆腐が旨《うま》い。刺身もいけますが。——な、そうだろ？」

と、主人に声をかける。

「まあ、それじゃ湯豆腐をいただこうかしら」

「酒はどうです？　この前はおすすめしなかったが」

「いただきます」

と、千草はためらわずに言った。「長崎では、オランダのお医者様の所で、ぶどう酒をいつもいただいて、強くなりました」

「そいつは心強い」

湯豆腐の鍋《なべ》を挟んで、次郎吉と千草は話が弾んだ。——小袖はわざと口を出さずにいた。

ガラッと戸が開いた。

「いらっしゃい……」

という声が力を失くしたのは、ふらつくように入って来たのが、ひげが伸び放題の、一見して「島帰り」と分る男だったからで、

「すまねえ……」

と、弱々しい声で、「何か食わしてくんな。心配いらねえ。少しは金もある」

男は、やっと床机《しょうぎ》へ辿《たど》り着くと、ぐったり腰をおろし、二度と立てない、という様子だった。

次郎吉と小袖が顔を見合せる。

まさか、とは思ったが……。

「失礼だが、もしかして、あんたは鉢助さんかね」

と、次郎吉が言うと、男は目をまぶしげに細めて、

「あんたは？――憶《おぼ》えがねえが」

「俺は〈甘酒屋〉の次郎吉。あんた……」

「鉢助ならどうしたってんだ？」

「やっぱりそうか」

「あんな名前、できることなら犬にでも食わせちまいたいよ」

と、やけ気味に言うと、茶を出した女将《おかみ》へ、

「何か手早くできるもんを頼む。――飢えてるんだ」

と、拝むように言った。

「こちらでいかが？」

と、小袖が声をかける。

「本当ですかい？　ありがてえ」

と、次郎吉たちの机へやって来ると、はしを割るのももどかしく、食べ始めた。

白飯をかっこみ、

「ああ……うめえ」

と、息をつく。「もう二度と、しゃばの飯は食えねえと思ってたからな」

茶を飲んで、鉢助は初めて気が付いたという様子で、次郎吉を見た。

「あんた……次郎吉さんっていったか。どうして俺の名前を知ってるんだ？」

「たまたまな」

と、次郎吉は言った。「あんたの住んでた長屋の連中と話したんだ」

「痛っ！」

と、突然鉢助は呻《うめ》くと、右膝《みぎひざ》を抱えて顔をしかめた。

「どうした？」

「ちょっと……けがをしてたな」

「診せて下さい」

と、千草が言った。

「え？」

「この人は医者だ」

と、次郎吉は言った。

「いや、しかし……」

千草は、鉢助の前をめくって、

「まあ……。傷が膿《うみ》を持っていますね。どこでこんな——」

と言いかけて、「すみません。島でこんな仕打を受けたんですね」

「こいつは濡《ぬ》れぎぬで、島送りになってたんだ」

と、次郎吉は言った。「ひどいかね」

「私の所へ」

と、千草は言った。

「待ってくれ。行かなきゃならねえ所があるんだ」

と、鉢助は言った。

「一刻を争います」

と、千草はきっぱりと言った。「これ以上放っておいたら、右足を切断しなくてはなりません」

そう言われて、さすがに鉢助は青ざめた。

「分った」

と、肯《うなず》くと、「ただ——もう一杯、飯を食わしてくれ」

静かな刃

「結局、帰っちゃ来なかったな」

と、少しもつれた舌で、浪人、吉見元兵衛《げんべえ》は言った。

「ああ……。ここへは帰りたくねえんじゃねえのか」

常吉は畳にゴロリと横になって、「なあ、吉見さん。鉢助が俺たちに仕返しすると思うかい」

「拙者なら、この長屋中、一人も生かしておかん」

「よしてくれよ」

と、常吉は手を振った。

——もうずいぶん遅い。

この吉見の家で、長屋の男たち数人が飲んでいたのである。

鉢助が、今日の船で帰ってきたことは伝わっていた。

いつ鉢助が現われるか、内心びくびくもので、待っていた。酒でも飲まねば、いられなかったのだ。

「――何でえ、みんな、だらしのねえ」

と、常吉は、すっかり酔いつぶれた他の連中を眺めて言った。

「おい、もう酒はないのか」

と、吉見が言った。

「まだ残ってやすぜ。だけど……肴《さかな》がないな」

常吉はフラッと立ち上って、「漬物でもせしめて来やしょう」

「ああ、何でもいい」

吉見も、瞼《まぶた》がくっつきそうだった。

常吉は、足下が危いほど酔っていたが、それでも何とか転ばずに表へ出た。

「さて……。どこがいいか……」

他の家は、今日は早々に寝てしまっている。

長屋の中はひっそりとして、猫一匹見えなかった。

「どこが……いいかな……」

節をつけて、ブツブツ言いながら、常吉は長屋の真中の井戸まで来て、頭を振った。

「水でも一口……」

喉《のど》が渇いていた。

しかし——そのとき、かすかな足音が聞こえて、常吉は振り返ろうとした。

振り返ることはなかった。薄い刃《やいば》が、常吉の腹を横一文字に斬り裂いていた。

「おい……何だ……」

少し間を置いて、血がふき出す。

その人影は、もう闇の中へ消えていた。

「どうしたってんだ……」
二、三歩行って、常吉はそのまま突っ伏すように倒れた。

「この辺がずっと血だまりになって……」

と、おまつがさすがに声も低く言った。「洗い流すのが大変だったよ」

「でも、井戸を使わなきゃ、何もできないしね」

と、他のおかみさんが顔をしかめて、「仕方ないから、二、三日は近くの井戸を借りてたわよ。いやじゃない、人が殺されてさ」

もう、今は長屋の女たちがせっせと洗いものをしたり、米をといだりしていた。

どんな出来事も、日々の暮しには勝てないのである。

「気の毒だったな」

と、次郎吉は言った。「誰も見た者はいなかったのかい」

「あの晩は、亭主どもが吉見さんの所で飲んでたんでね」

と、おまつが言った。「ね、吉見さん」

「ああ……」

ちょうど吉見元兵衛が手拭《てぬぐ》いを手にやって来た。

「今ごろ起きたんですか？」

と、おまつが呆《あき》れたように言った。

「悪いか」

吉見は欠伸《あくび》をして、井戸の水で顔を洗った。

──常吉が殺されたということを、次郎吉は昨日初めて聞いた。目明しの定吉《さだきち》に訊《き》いて、傷は刀傷で横一文字と分った。

武士かな、下手人は。

──なぜ常吉が斬られたのか？

次郎吉にはふしぎだった。

「ごめんよ」

と、よく通る声がして、魚屋の仁吉が空桶《からおけ》をさげてやって来た。

「仁吉さん、今日は早いね」

「ああ。山崎《やまざき》様のお屋敷で宴会とかでね。丸ごとお買い上げさ」

「そいつあツイてる」

「まあね。たまにゃ早く帰って、お浅の墓にでも参ろうかと思ってね」

仁吉は次郎吉に気付いて、「おや、〈甘酒屋〉さん」

「精が出るね」

「なあに、商売にでも身を入れてなきゃ、つい思い出しちまうんでね」

色の浅黒い、細身の仁吉は、なかなかいい男ぶりだった。長屋のおかみさんたちにもてる。

次郎吉はその長屋を後にした。

今、仁吉が言っていた「山崎様」というのは、つい先日、次郎吉が「参上」した所だ。

そこで宴会か。——いつもと違うことのある日は忍び込みやすい。

同じ屋敷を二度狙うとは、向うも思っていないだろう。次郎吉もちょっと気持が動いた。

足はいつしか山崎家の方へ向いている。

今、幕府で力を持ち、将軍の覚えもめでたいという直参だが、あまり評判は芳しくない。

この前、ここに入ったのは、主人の威光をかさに着て、中間足軽までが市中で勝手な振舞いに及んでいるという悪評があったからである。

「——なるほど」

屋敷の白塀にそって歩いて行くと、屋敷内からにぎやかな笛太鼓が洩《も》れ聞こえて来る。まだ明るいこんな時刻から騒いでいるのでは、夜はさぞかし酔い潰《つぶ》れていることだろう。

「こいつあ狙い目かもしれねえな」

と、顎《あご》をなでながら、次郎吉はひとりごちた。

足を止める。——くぐり戸が開いて、誰か出て来る気配に、素早く身を隠す。

現われたのは、年齢のころ三十過ぎの侍で、この山崎家の用人だろう。隙のない眼《まな》差《ざ》しで左右へ目をやると、足早に歩き出した。

かなりの遣い手と見えるが、その迷いのない足どりも、どこか張りつめている。

「はて……」

屋敷内の大騒ぎとはあまりに似つかわしくない、あの気配だ。次郎吉はいぶかしく、もう一度聞こえて来る笛太鼓に耳を傾けた。

屋敷の外をぐるりと回って、正門の近くまで来ると、誰やらうろうろと様子をうかがうようにしている若い男がいる。

「──おい、何してなさる」

と、次郎吉は声をかけた。

一瞬ギクリとした様子だったが、

「ああ、〈甘酒屋〉さん！　よい所で」

と、ホッとしている。

「あんた、弓八《ゆみはち》さんだね。あの見世物小屋の」

「はい、さようでございます」

細身で、身軽な感じは芸人のものだ。

「このお屋敷に何か用かね」

「はあ、実は……」

と、弓八はため息をついて、「何だか胸さわぎがしてならないのでございます」

「どういうことだね。よかったら話を聞こう」

と、次郎吉は言った。

近くの寺の境内で、弓八の話を聞くことにした。周りは静まり返っている。

「──今日は小屋を閉めておりまして」

と、弓八は言った。「それというのも、昨日、立派な身なりのお侍様が数人おいでになり、『明日《あした》一日、お前たちを貸し切りたい』とおっしゃるのです」

「つまり、芸を見せろというのか」

「そのようです。——確かに、うちは色々芸人も揃っておりますし、お囃子《はやし》、鳴物も人がおります。偉い方の慰みにと、何日分ものお手当をいただけるというので、座長も大喜びで」

「悪い話じゃなさそうだがね」

「そうなんでございます」

と、弓八は言った。「ただ……私がこんなことを申すのもおかしいのでしょうが」

「何だね？」

「私は矢を射て、動く的、投げ上げた玉を射抜くのが売りものの芸。弓矢の修練は、失礼ながら、お侍様にひけを取らぬほどつんでおります」

「分ってるとも。武家屋敷を探しても、あんたほどの弓の腕を持っている者はあるまいよ」

次郎吉の正直な感想である。武士に生れていれば、弓の名手とうたわれたろう。

「ありがとうございます。——昨夜、そのお侍方がみえたとき、私は傍で見ていたのでございますが、座長と話しているお侍以外の方が、私どもの使います短剣や弓矢を手に取って、あらためておいでだったのです」

と、弓八は言った。「その様子が、どうもただごとでなく、またお侍方は私が見ていることに気付いておられませんでしたので、あれは戯れではないと見受けました」

「つまり、この話には何か裏がある、ということだね」

「私にはそう思えてなりません。――お侍様がお帰りになった後、私は座長に話したのですが、前金をたんまりいただいて、座長はすっかりご機嫌で、取り合ってくれません」

「待ってくれ。すると、もうあんたの仲間はあの屋敷の中にいるんだね？」

「はい。私だけ、今日は親の法事と偽って、日暮れごろ伺うことにしました」

「なるほど。心配なら、あんたは行かなきゃよかろう」

「いえ、それでは明日にも叩《たた》き出されてしまいましょうし……それに……」

と、口ごもって、「座長の娘のお糸《いと》さんがもう中に」

「お糸さんか。もしかして手裏剣投げの？」

「さようでございます。お糸さんとは、夫婦《めおと》になると誓った仲で」

と言って、弓八は顔を赤らめる。

「なるほど。――で、仕事は夜までかい？」

「はい。場合によっては夜通しで夜明けまで、と言われております」

「ふーん。そんな宴会とは、何の祝だろうな」

と、次郎吉は山崎家の屋敷の方へと目をやった……。

約束

鉢助が、わずかに身動きして目を覚ました。

少し荒く息をしていたが――。

「おい……」

と、かすれた声を出して、「誰かいねえのかい……」

廊下にタッタッと足音がして、障子がガラッと開くと、明るい日射しが部屋の中へ入って来る。

「あ、目が覚めたんですね！」

お国が嬉《うれ》しそうに声を上げた。

「馬鹿野郎！」

鉢助はまぶしげに手で光を遮って、「まぶしいじゃねえか！　障子を閉めろ！」

「あ、すみません」

「水を持って来い。喉《のど》が渇いてんだ」

「はい。千草先生にもお知らせして来ます」

「いいから水だ！　早くしやがれ」

苛々《いらいら》と鉢助が手を振ると、廊下に当の千草が現われた。

「あ、おはようございます」

と、お国はピョコンと頭を下げて、急いで出て行った。

「お前さんか……」

鉢助は息をついて、「世話かけたな」

「怒鳴る元気が出て来たのは結構ですが」

と、千草が言った。「お国ちゃんに謝って下さい」

「何だ？」

「今の子です。ああいう言い方はいけません」

「何だってんだ……。たかが水一杯――」

「あなたの高熱に、一晩中井戸の冷たい水をくんでは布を浸し、額に当てていたのはお国ちゃんですよ。あまりの熱に、すぐ布が乾いてしまうので、眠る間もなくて」

「そんなに？」

「ええ。夜明けごろにやっと熱が下って、お国ちゃんは喜んで報告に来ました。それから、ほんの少し寝ただけです」

鉢助はちょっと目をそらした。

「――ともかく、足を切断せずにすみました」

と、千草は言った。「後でまた参ります」

千草が出て行くと、入れ違いにお国が茶碗《ちゃわん》を手に入って来た。

「お水です」

「ああ……」

少し体を起して、鉢助は水を一口飲むと、

「こいつは冷たくて旨《うま》い」

「ええ、井戸の水、ここはとってもいい水で」

お国がニッコリ笑う。

「――すまねえ」

「え？」

「さっきは怒鳴ったりして。勘弁してくれ」

「なあんだ、そんなこと」

お国はちょっと照れたように、「あんなの、怒鳴られた内に入りませんよ。私、ここへ来る前は年中ぶたれたり、折檻《せっかん》されてたんですもの」

お国は空になった茶碗を手に取ると、

「元気になったら、お腹が空《す》いたんじゃないですか？」

「ああ……。そういやあそうだ。よく分るな」

お国は明るく声を上げて笑うと、

「元気になった患者さんは、決ってお腹が空くんですよ！　少し待ってて下さい。すぐ仕度しますから」

と言って、小走りに出て行った。

鉢助は、お国を見送って、いつしか自分も笑顔になっているのに気付き、びっくりした。

「全く……。子供ってのは、罪がねえや」

と呟《つぶや》くと、体をゆったり横たえた。

罪がねえ、か……。

そうだ。この世の中、何の罪もねえのに、牢《ろう》へ放り込まれ、島送りにされる者もある。

島で何年も生きられるのは、運のいい奴だけで、たいていは病を得て死んで行く。

労咳《ろうがい》を患っても、医者などはいないから、ただ打ち捨てられ、死んで行くだけだ。

同じ牢に詰め込まれた者たちも次々に伝染《うつ》って死ぬ。

あの男……。同じ牢の中で、鉢助とわずかに心を通じ合った男は、元は侍だったというが、鉢助と口をきくようになったとき、もうずいぶんやせ細っていた。

鉢助の疑いが晴れ、ご赦免になると知ったとき、その男——坂上《さかがみ》は泣いて喜んでくれた。そして、その夜ひそかに打ち明けたのだ。

「私もね……鉢助さん。私も上役の罪を着せられて、ここに入ったんですよ……」

と、坂上は言った。「二、三年辛抱して、島から帰れば、必ず再び仕官が叶《かな》うようにしてやる。留守の間、お前の家族は決して困らせん、と言われましてね……」

悔し涙を浮かべて、

「ところが……去年、私が知っていた中間の一人がここへ送られて来て……。妻は貧苦から女郎になり、子供たちは売られて行ったと聞かされたんです……。ひどい話じゃありませんか……」

「ひでえ奴だな、その上役ってのは」

「鉢助さん、お願いだ……。娑婆《しゃば》へ戻ったら、敵を……討ってくれませんか」

「しかし、そいつは侍だろ？」

「山崎又一郎《またいちろう》。直参旗本で、今は結構な身分ですよ」

「俺はただの町人だ。旗本相手にゃ、手が出せねえよ」

「何も、斬ったり刺したりしてくれってわけじゃありません……。あんたにもできることです……」

「それは何だね？」

——坂上は、その二日後に死んだ。蜘蛛《くも》の糸でも切れるように、誰も気付かない内に死んでしまったのである。

「哀れな奴……」

鉢助は呟いた。すると――。

「そんなにお腹が空いたんですか？」

お国が膳《ぜん》を運んで来た。「哀れだ、なんて言ってないで、食べて下さい！」

鉢助は微笑んで、

「いい匂いだ」

と言った。

「あ、動かないで。せっかく縫った傷口が開きます。私、食べさせてあげますから」

お国が手早くたすきをかけた。


「弓八さん！　弓八さん、起きて！」

耳元で押し殺した囁《ささや》き声。

弓八は目を開けたが――。

「お糸さん……」

「しっ！　静かに」

お糸は、小屋で手裏剣投げを見せるときの赤い裃《かみしも》をつけていた。

「どうしたんだ、俺は……」

弓八は起き上ったが、ひどく目が回って、頭を抱えた。

「飲んだお酒に何か入っていたのよ」

と、お糸は言った。「私は味がおかしいので、飲んだふりをして捨ててしまったわ」

「みんなは？」

広い座敷を弓八は見回した。

空になった料理の器や皿があちこちに転って、座布団が壁沿いに並んでいるが、誰もいない。

「どこかへ運ばれて行ったわ」

と、お糸は言った。「私も寝たふりをしてたけど、どうしてだか残ったの」

山崎又一郎の屋敷の中だ。

弓八も夕刻からここへやって来て、ここの主人が招いた客を相手に芸を見せ、酒席に加わった。

気は進まなかったのだが、座長の権一《ごんいち》がすっかり酔ってご機嫌で、

「ご命令とあらば、どんな芸でもご覧に入れます！」

などと大見得を切ったので、座員の面々も逆らえなかった。

それでも、夜中には宴《うたげ》もお開きとなり、この座敷へ全員が通されて、

「ご苦労だった。好きなだけ飲み食いしてくれ」

と、用人に言われ……。

「——俺とお糸さんと二人だけ？」

と弓八は頭を強く振って、「こいつは怪しい。早いとこ逃げよう」

「ええ」

「畜生！　足がふらついて……」

「大丈夫？　私につかまって。——歩ける？」

「ああ……。何とか」

二人は座敷の障子を開けたが——。

目の前に白刃が突きつけられ、二人は息を呑《の》んだ。

「——どこへ行く」

あの用人である。冷ややかな眼が二人を縛りつけるようだった。

「あの……父はどこに」

と、お糸が訊《き》く。

「この屋敷の中庭で寝ておる」

「中庭？」

「一座の者、みんなだ。お前ら二人が我々の言うことを聞かねば、一座は全員中庭で首をはねられる」

「そんな……」

お糸は弓八にすがりついた。

「お侍様。私どもに何をせよとおっしゃいますので」

と、弓八は訊いた。

「お前たちの腕なら、たやすいこと」

「といいますと？」

「人一人、矢で射殺してもらいたい」

弓八は青ざめて、

「私どもは……的を射るだけでございます。生きた人間を射たことはございません」

「それならやってみるのだな」

と、用人は言った。「さもなくば、お前らもろとも地獄行きだ」

「そんな、ご無台な」

「ではまず、この女の父の首をはねてもよいのだぞ」

「弓八さん……」

弓八は青ざめた顔で肯《うなず》くと、

「承知いたしました。――誰を射よと仰せで？」

「それはそのときに知らせる。ここで二人で待て」

「あの――お糸さんを帰してやって下さいまし」

と、弓八は言った。

「そうはいかん。その娘の手裏剣も必要なのだ」

「それは――」

「ここで待っておればよい。逃げようとすれば、お前らの仲間は命がないぞ」

刀を収めると、用人は障子を閉めた。

「――弓八さん」

「仕方ない。ともかく、成り行きに任せるしか……」

「でも、もし言いつけ通りに人を射殺したとして、私たちを無事に帰してくれると思う？」

お糸の言葉に、弓八は何も答えることができなかった。

一瞬の的

店の裏の戸口が開いた。

「誰だ！」

「私でございます」

と、若い侍が中へ入って戸を閉める。「行列は時刻通りに城を出ました」

「そうか。よし」

用人は肯くと、「主人」

と、部屋の隅に、震えながらかしこまっているこの店の主人の方を見た。

「は、はい」

「先刻申した通りだ。忘れるな」

「はい」

「妙な素振りを見せれば、ただちに妻と娘を斬る」

「どうぞご勘弁を！　お言いつけ通りにいたします！」

古美術を商う店の主人は、畳に額をこすりつけんばかりにして、「どうか、女房と娘の命ばかりは――」

「言われた通りにしていれば心配ない」

用人は刀を手に立ち上ると、隣の部屋へ入った。

そこには、山崎の屋敷から連れて来られた弓八とお糸の二人が控えている。弓八の手には使い慣れた弓と一本の矢が握られていた。

「――よいか」

と、用人は片膝《かたひざ》をつき、「もうすぐ、この店先を行列が通る」

「どなたのお行列で？」

「お前らの知ることではない。――だが、まあどうせ分ることだ。幕府の大目付、出《で》羽守《わのかみ》の行列だ」

「大目付様……」

「故あって、生きていられては主君に不都合。しかし、行列は厳重に守られていて、容易には命を狙えぬ」

「私の矢でも、お駕籠《かご》の中までは……」

「それがな、出羽守は由緒のある茶碗《ちゃわん》に目がない。この店で、これまでも応仁の乱以前の茶碗をいくつか求めて、宝物にしているのだ」

用人はチラッと隣の部屋へ目をやって、「ここの主人より、出羽守へ『掘り出し物を手に入れました』と文を届けてある。行列はこの店先で必ず止る」

用人は弓八たちを促すと、店へ出た。

「この暗がりにお前は潜んでおれ。正面に駕籠が止ると、ここの主人が招かれて、桐の箱を手に進み出る。出羽守は自ら駕籠の扉を開け、茶碗を見るはず」

弓八はゴクリと唾《つば》をのみ込んだ。

「出羽守の前に主人が平伏すれば、その一瞬、主人の頭越しに出羽守が見える。その機を逃さず、矢を放て」

「それは……。そううまく参りますか」

「お前の腕ならできる」

用人は立ち上った。

「ですが――ご家来衆が、すぐに私どもを斬りに来られましょう」

「そこは、その娘の出番だ。手裏剣で一人二人が倒れれば、向うはひるむ。そのとき、こちらの手の者が店の木戸を落とす手はず。お前らは裏口から逃げろ」

弓八は深く息をついた。

「――承知いたしました」

「矢は一本でよいのか」

「二本目を射る間はございますまい」

「それもそうだ。――仕度をしておけ」

と、用人は刀を差して、口もとに笑みを浮かべた……。


「行列が見えました！」

と、若侍が報告に来た。

「よし。お前はすぐに木戸を閉じられるように用意しておけ」

「かしこまりました」

若侍が店の入口の傍へ姿を隠す。縄を断ち切れば、表の木戸がバタンと下りて閉まる。

「主人」

と、用人が呼んだ。「仕度はよいか」

「はい……」

紐《ひも》をかけた桐の箱を両手に持って、主人が奥から出て来た。

「いいな。うまくやらねば、女房娘の命はないぞ」

「はい……」

主人は覚悟を決めたのか、店先に正座して、行列を待った。

「弓八、よいか」

「はい」

弓八は、店の奥の暗がりに立って、弓を取った。

明るい往来からは、弓八の姿は見えないだろう。

「弓八さん……」

「お糸さん。どうなるか分らないが、今は言われた通りにするしかない」

「ええ……」

「うまくやりおおせたとして、逃げられるかどうか……。お糸さん。いざってときは、俺のことに構わず逃げるんだよ」

「いいえ！　私はあんたと一緒にいるわ」

「しかし――」

「行列だぞ」

と用人が声をかけた。

明るい表を、行列がゆっくりと通って行く。

警護の侍も数十人だろう。

そして――正に店の真正面に、駕籠が止った。駕籠が下ろされると、そばの家来が店へ入って来て、

「殿のお呼びだ」

「は……」

主人が桐の箱を両手に恭しく捧《ささ》げ持って、駕籠へと進んで行った。

弓八は矢をつがえると、ぐいと弦を引いた。

主人の背中の向うに駕籠がある。

駕籠の戸がスッと開いた。店の主人が地面に正座して、桐の箱を差し出した。

駕籠の中の出羽守が箱を受け取ると、紐を解く。――主人が深々と平伏した。

出羽守が桐の箱を手にした姿が、一瞬、真正面に見えた。弓八は狙い定めて、矢を放った。

だが——一瞬早く、店の木戸が上から落ちて来た。空を切った矢は、木戸を貫いて止った。

「何をしている!」

用人が飛び出して来た。

隠れていた若侍がフラッと現われると、その場に倒れた。

木戸の外は大騒ぎになっていた。

「おのれ!」

用人が刀を抜くと、「しくじったか!」

刀を振り上げ、弓八へと駆け寄る。お糸の手裏剣が飛んで、用人の腹に刺さった。

「貴様……」

「逃げましょう!」

お糸が弓八の手を取る。

「もう遅いぞ!」

と、用人が手裏剣を引き抜くと、「今ごろ、お前らの仲間は一人残らず首をはねられておる」

「卑怯者《ひきよう》！」

「逃がすか！」

用人は傷口を押えながら、弓八たちへと斬りつけた。その刀を払いのけたのは、頭《ず》巾《きん》をつけた女だった。

「何者だ！」

と、用人が言ったが、答えは小太刀の一振りだった。

用人がドッと倒れる。

「早く裏口から逃げて」

と頭巾の女――小袖は言った。

出羽守の手の者が木戸を破ろうとしている。

「でも、みんなが屋敷に――」

と、お糸が言いかける。

「心配いらないわよ」

と、小袖は言った。「今ごろ酔いがさめてるわ」

「え？」

「おい、土左衛門《どざえもん》か？」

「あんなに大勢？」

野次馬はどんどんふくれ上っていた。

河原に、二十人近い男女が倒れていた。浴衣《ゆかた》一枚の、半裸である。

「あれ？　あいつら、見世物小屋の──」

「本当だ！　座長の権一もいる」

「おい、いい眺めだな」

女たちも胸や太腿《ふともも》を露《あら》わに倒れているのである。

「何だ、動いてる。生きてるぜ」

「酒くせえな。河原で宴会でもやってたのか？」

物見高い連中は次々に集まっていた。

──次郎吉は荷車を引いて来た人足たちへ、

「ご苦労さん」

と、手間賃をはずんだ。

「こりゃどうも」

「一杯やってくんな」

「へえ。──それにしても、あんなに人を運んだのは初めてでさ」

「酔ってぐったりしてると重いからな」

と、次郎吉は言って、懐手すると歩き出した。

——ゆうべの、弓八とお糸への用人の話を、次郎吉は天井裏で聞いていた。

一座の者たちを見張っていたのは二人だけだったから、片付けるのは易しかった。

権一たちを運び出すついでに、千両箱を近くの林へ隠しておいた。

「暗くなったら、取りに行こう」

と呟《つぶや》くと——。「あれは？」


玄関に、ドヤドヤと押しかけて来た男たちは、

「誰かいねえのか！」

と、怒鳴った。

「——どなたです」

と、千草が出て来た。「ここは病人のいる所。大声は慎しんでください」

「鉢助がここにいると聞いた」

と、浪人の吉見が言った。「ここへ出せ」

「何のことです？」

「常吉を殺しやがったんだ！　また長屋の者を殺しに来るに違いねえ。そこをどいてくれ。常吉の敵を取る」

上ろうとする男を止めて、

「誰が上れと言いました！」

と、千草が厳しい声で言った。「鉢助さんは足を傷めて、外へ出歩くことなどできません」

「べらぼうめ！　じゃ誰が常吉を殺したんだ！」

「それはお役人の調べること。お引き取り下さい」

「いや、帰らねえ！　力ずくでも鉢助を引きずり出してやる！」

千草はキッと男たちをにらみつけ、

「医者の私が、そんな真似は許しません！」

と、両手を広げて立ちはだかった。

「どかねえと、お前もぶちのめすぞ」

「奥へ入るなら、私を殺して行きなさい」

と、千草は言った。「患者を守るのは医者の務め。しかも見当外れの仕返しとは愚かな！」

「何だと！」

「同じ過ちをくり返そうというのですか！　罪もない人間を、もう一度寄ってたかって責めようとは。許しません！」

千草の気迫に押されて、長屋の男たちもジリジリと後ずさった。

「おいおい」

と、声がした。

「あ――〈甘酒屋〉さん」

「鉢助さんが足にけがして動けねえのは、俺も見て知ってる。こいつあ間違いねえ」

「そうか……。しかし――」

「ま、悪いこたあ言わねえ。おとなしく帰りな」

次郎吉の言葉で、長屋の男たちは、

「だから、俺もやめた方がって……」

「何言ってんだ。すぐ行こうって言い出したくせに……」

と、文句を言い合いつつ、引き上げて行った。

「――次郎吉さん。ありがとうございました」

と、千草がホッと息をつく。

「いや、俺が口を出さなくたって、あんたは立派に追い返したろうよ」

「それでも、恐ろしかったですよ」

「そうかい？　ちっともそうとは見えなかったが」

「医者は感情を隠すことに慣れているんです」

千草は微笑んで、「でも、怖いものは怖いです」

「そう聞いて、少し安心したよ」

と、次郎吉は言って、「――お国、何だ、その格好は?」

お国が鉢巻をして、たすきをかけ、ほうきを手に立っていた。

「千草先生に加勢しようと思って」

「よく似合うぜ」

と、次郎吉が笑った。

「先生」

障子が開いて、鉢助が立っていた。

「まあ! 起きてはいけませんよ!」

と、千草が言った。

「いや……。俺みたいなつまらねえ男のために、先生は命まで張ってくれるのかい」

「私は医者の務めを果しただけです」

と、千草は言って、「さあ、ちゃんと寝ていて下さい」

「次郎吉さん。――一つ、頼みがある」

「俺に?」

「俺はまだしばらく動けねえ。代りに、取って来てほしいもんがあるんだ」

と、鉢助は言った。「もしかすると、長屋の常吉が殺されたのも、それと係《かかわ》りがあるかもしれねえ」

「鉢助さん。何かわけありの様子だね」

と、次郎吉は言った。「聞かしちゃくれねえか」


「山崎又一郎は切腹したって」

と、小袖は言った。「もう一杯？」

「いや、もう沢山だ」

次郎吉ははしを置いて、「あの、鉢助さんが言ってた坂上って侍の恨みだな」

坂上は牢《ろう》の中で、鉢助に打ち明けたのである。

山崎又一郎が、抜け荷の片棒を担いで大金をせしめていたこと。その証拠となる手紙を、坂上は身代りに捕えられる前、自宅の井戸の中へ隠しておいたことを。

閉門となり、荒れ果てた坂上の家の井戸から次郎吉はその証拠を取り出して、奉行所へ届けた。

山崎又一郎は大目付、出羽守が自分に目をつけていることを知って、出羽守の命を狙ったのだった。

坂上の話を鉢助が聞いていたことが、牢番から山崎へ伝わり、鉢助が長屋へ戻ったと思っていたあの用人が、主君の命で常吉を鉢助と間違えて斬り捨てたのである。

「惜しかった」

「あら、何が？」

「あの手紙を種に、もっと山崎をゆすってやれたのにな」

「欲張り過ぎは身を誤るわよ」

と、小袖は言った。「そうだわ。あの一座から、いつでもタダで入ってくれって言われてるの」

「そいつあいい！　明日《あした》にでも行こう」

「兄さんは、千草さんを誘って行ったら？」

と、小袖は言った。「お国ちゃんがついて来るかもしれないけどね」

鼠、分れ道に立つ

刺客

「すっかり遅くなった」

と、矢崎伝之助《やざきでんのすけ》は何度もこぼした。

「旦那《だんな》様、足下にお気を付けになって……」

と、先に提灯《ちょうちん》を持って行く平八《へいはち》が言った。

「ああ……。大分降ったとみえるな」

道はぬかるんで、雨仕度をしていなかった矢崎伝之助は、すっかり足首まで泥で汚れていた。

「雨が上ったのが幸いでございます」

「うん……。平八、お前もずっと待っていて腹が減ったろう」

「いえ、あっしは……」

「すまんな。小塚《こづか》様の所で、あんなに待たされるとは思ってもいなかったのだ」

「何のお話だったのでございます？」

「それが、やっとお目にかかったら、小塚様はもう酔っておられて、『矢崎か。何か用か』とおっしゃる」

伝之助は苦笑して、「『お呼びと伺いましたので、参上いたしました』と申し上げると、『わしが呼んだのか？　何の用か忘れたな。明日でよい』と、こうだ」

「それはご災難で」

「全くだ」

と、伝之助はため息をつき、「宮仕えの辛《つら》いところだな」

人気のない寂しい道だった。ことに夜ふけで、雨は上ったものの、月も出ない暗い夜である。

平八が足を止めた。

夜道を向うから小さな灯がやって来る。

「どうした」

「いえ、誰か向うから……」

足早に近付いて来たのは若い女で、手にした提灯が揺れているのは、足早に歩いているからだろう。

「こんな夜ふけに女一人とは珍しいな」

と、伝之助はまた歩き出した。

町娘らしいその女は、伝之助たちとすれ違おうとしたが、

「もし」

「——何だ」

と、伝之助が振り返る。

「闇討ちがあります」

「何？」

「この先、寺の山門のかげに、お侍が六、七人、潜んでおります」

と、女は言った。「もしお心当りがおありでしたら、違う道を行かれませ」

「そなた——」

「失礼いたしました」

女は高下駄《たかげた》でタッタッと行ってしまった。

伝之助は幻でも見たかのように、その灯が遠ざかるのを見送っていたが……。

「旦那様」

「ああ。——何者かな、あの女」

「大方、少し気のふれた女でございましょう」

と、平八は笑って、「急ぎませんと、ますます遅くなります」

「うむ」

歩き出して数歩、足を止め、「道を変えよう」

「今の私なら、闇討ちがあっておかしくはない。――まさかとは思うが、念のためだ」

「ですが……」

「少し引き返して、寺の向うを回ろう。遠いが、危険は避けるに越したことはない」

「はあ……」

「戻るぞ」

――伝之助は、あの女の隙のない身のこなしに気付いていた。あの女、ただ者ではない。

「ですが、旦那様」

「何だ」

「むしろこちらの方が危いってことも。わざと道を変えるように、あの女が――」

「それはない」

と、首を振って、「現にお前もあの女の言うことを信じなかったではないか。待ち伏せするなら、この先で少しも不都合はない」

「さようで」

「急ごう」

「旦那様――」

と、伝之助は言った。

苛々《いらいら》と口を開くと、一人が夜道へ出て、「一向に見えんぞ」

「遅い！」

「おかしいな……。もうとっくに通ってもよいころだが」

と、もう一人が言って、足音に、「誰だ！」

「あっしでさ」

と、首をすぼめた姿が灯に浮かび上る。

「平八か。どうしたのだ？」

「それがどうも……」

と、首を振って、「妙な女が出て参りまして」

「女だと？」

平八が、矢崎伝之助に忠告して行った女のことを話して、

「あっしも、それ以上は……。旦那様に怪しまれましては、元も子もありません」

と言った。

「女か……。確かに、さっき女が一人通ったが……」

「しかし、あのとき我々は山門の所にいたぞ。灯も隠していたし、道から離れている。

あの暗さで、見えるわけがない」

「そうだな、確かに」

と、一人が肯《うなず》いて、「その女、何も見えぬのに、我々の気配を察したと言うのか？」

「まさか……」

斬る相手を逃した刺客たちは、互いに顔を見合せ、ただ当惑するばかりだった……。


「菊乃《きくの》」

と、矢崎伝之助は呼んだ。

すぐに襖《ふすま》が開いて、

「お呼びでございますか」

と、妻の菊乃が現われた。

「平八に何か食べさせてやったか」

「仕度させましたが、姿が見えません」

「いない？」

「また出かけたようでございます」

伝之助は、ちょっといぶかしげに、

「そうか」

と言った。「──菊乃。こちらへ」

伝之助は、ほの暗い明りの中に、二十四になる妻の色白な顔を見た。

伝之助は今、三十二歳である。菊乃をめとって二年になる。

「実はな」

と、伝之助は言った。「今夜、妙なことがあった」

「とおっしゃいますと？」

伝之助の話を聞いて、菊乃は息を呑《の》んだ。

「闇討ちとは……」

「あの女が何者か知らんが、おそらく事実だろう」

「ではその方のおかげで──」

「命拾いした、と言えような。あのぬかるみの道で、何人もに斬りかかられたら、とても防ぎ切れん」

菊乃は息をつき、

「ご無事で何よりでございました」

と言った。「これからはご用心あそばして」

「うむ……。しかし、妙なものだ」

「は？」

「あのとき、あの女に言われてハッと気付いたのだ。今、私は闇討ちにあってもおかしくない、と。それまで、そんなことは一切、思ってもみなかったが」

「あなた……」

と、不安げに夫を見る。

伝之助はちょっと笑って、

「呑気《のんき》なものだな。私はただご家老のご下命で、例の一件、調べているだけだが、藩の中には、あれこれつつかれたくない者が少なからずいる」

「でも、お役目なのですから……」

「こちらはそのつもりだった。任された以上、しっかり裏の裏まで暴かねばならん、と思っていた。しかし……いつの間にか、私は踏み込んではならぬ所にまで、足を入れてしまったのかもしれぬ」

「では、その旨をご家老様に申し上げて——」

伝之助がちょっと眉《まゆ》をくもらせて、

「それができんのだ」

「なぜでございます?」

と、菊乃が膝《ひざ》を進める。

伝之助はそれには答えず、

「そなたには、すまないと思っている」

「何を――」

「いや、もう二年を過ぎて、母など、『孫の顔はまだ見られぬか』と、ちょくちょく言って来る」

「私も、時々……」

「それはそなたのせいではない。藩の大事なお役目を果さぬ内は、他のことに気を取られたくないと思って、あえてそうしていた」

「お察し申しておりました」

「しかし、今夜のことで、改めて考えなければならなくなった」

「それはどういう……」

「菊乃、しばらく実家《さと》へ帰ってくれ」

「あなた……」

「お前にまで危険が及ぶこともあるやもしれぬ。もし、お役目のせいで、そなたを失うことがあれば、一生悔まねばならん」

菊乃は背筋を伸して、

「私は矢崎伝之助の妻でございます」

と、語気を強めて、「身を隠して生きのびるより、夫と共に斬られる覚悟」

「気持は嬉《うれ》しいが、やはり心配だ」

「私はお側を離れませぬ」

と、菊乃は言い張った。「お気に召さねば、お手討ちにでもなさいませ」

伝之助は、妻のこんな強情な姿を初めて見て、愕然《がくぜん》とした……。

他人の空似

秋の青空に、〈御休所〉の小さな幟《のぼり》が揺れていた。

「焼きたてでございますよ」

と、香ばしい串《くし》刺《ざ》しの団子が皿にのって出て来ると、床机《しょうぎ》に足を組んでいた次郎吉《じろきち》は、

「おっと、いい匂いだ」

と、早速団子を一串、手に取った。

「太るわよ」

と、隣の小袖《こそで》が言った。「屋根が抜けて落ちたらみっともないでしょ」

「大きなお世話だ」

次郎吉は団子を口へそぎ取って、「――うん、こいつはいける」

旅姿の町人たちが大勢行き来するのを眺めていた小袖は、自分も団子を食べていたが、ふと着流しの侍に目を留めた。

「――どうした」

と、次郎吉が訊《き》く。

「いえ……。この間、夜道で見かけたお侍とよく似てるの」

「ああ、例の闇討ちのか」

「ええ。――今日は出仕されていないのかしら」

すると、その侍は次郎吉たちの休んでいる茶店へやって来て、

「亭主、借りるぞ」

と、二人とは少し離れて腰をおろし、「茶をくれ」

「へい、ただいま」

侍は、次郎吉たちが食べている団子を目にとめて、

「旨《うま》そうですな」

と言った。「亭主、こちらにも一皿くれ」

「へえ、すぐに」

先に茶を置いて行く。

侍はまぶしげに空を見上げて、

「いい日和ですな」

と言った。

「本当に」

小袖の声を聞いて、

「やはり、あの夜の方でしたか」

と、侍は小声で言った。

小袖は聞こえないかのように、次郎吉の方へ顔を向けて、

「兄さん、道の向いの松の木のかげ」

「うん。――こっちをうかがってるな」

「それに浪人が一人、この方の後を尾《つ》けて来てるわ」

小袖はそっとお茶を飲みながら、茶碗《ちゃわん》で口の動きを隠して、「気付かぬふりをなさいませ」

侍は小袖と逆の方へ目をやった。

「向いの松の木のかげ、見覚えは？」

小袖に言われて、さりげなく目をやると、あわてて隠れたのは、いつも見慣れている人影。

「あれは平八という者」

「夜道で提灯《ちょうちん》を持っていた方ですね」

「さよう。やはりあいつが……」

「あなた様の後を尾けて来た浪人が」

と、小袖は言った。

がっしりした体つきの、懐手をした浪人がぶらぶらとやって来る。

「知らぬ男です」

「ご用心を。懐に短刀を呑《の》んでおります」

浪人が近付いて来る。――殺気というか、張りつめたものが感じられた。

「あ、蠅が」

小袖は茶碗を覗《のぞ》くと、そう言って、残った茶を、やって来る浪人の前にパッと捨てた。

浪人がハッと足を止める。

「おじさん、お茶に蠅が落ちたの。いれかえてくれる?」

「おや、そりゃ失礼。今、熱いのを出しますよ」

「よろしく」

浪人は、ゆっくりした足どりで、茶店の前を通り過ぎた。

危険な気配は遠ざかって行った。

「──二度も救っていただきましたな」

と、侍は言った。「しかし、相当のお腕前とお見うけします」

「どういたしまして」

平八という男はいつしか姿を消していた。

「大方、金に転んだのでしょう」

と、侍は苦々しげに、「私は矢崎伝之助と申す者」

「お侍さん」

と、次郎吉が言った。「どんな事情がおありか存じませんがね、命のやりとりをするような物騒なことに、あっしら町人を巻き込まないでいただきてえもんですね」

伝之助はハッとした様子で、

「なるほど。──言われる通りだ。申し訳ない」

と、小さく頭を下げ、「ただ──私のことはどうでもよい。妻が万一命を落とすと、哀れで」

小袖は、チラッと兄の方を見て、

「兄さん、袖《そで》振り合うも多生の縁っていうわ」

「へい、お待たせいたしました」

店の主人が団子を一皿、伝之助の側へ置く。

「──お話ぐらい、伺おうじゃないの」

と、小袖は言って、「お代はこのお団子一串で」

と、いたずらっぽく笑った。


「福井《ふくい》様」

と、声がした。

「小塚か」

「はい」

「人に見られなかったろうな」

福井伴次《ともつぐ》は、庭の方を落ちつかない様子で見回した。

「ご家老」

と、小塚孫八郎《まごはちろう》が苦笑して、「そうびくびくされましては……。何もなくとも怪しまれますぞ」

「何かあるから困るのではないか」

と、福井伴次はしかめっつらで離れ座敷の奥に座ると、「しくじったのはお前の方だぞ」

「申し訳ございません」

小塚は少しも「申し訳なく」なさそうな顔で、「まあ、この度は、運が矢崎に味方したということですな」

「呑気《のんき》な奴だ」

と、福井は苛々《いらいら》と、「大体、矢崎伝之助にやらせれば、と言ったのはお前だぞ」

「その点はお詫《わ》び申します。矢崎があれほど頑固な奴とは、思ってもおりませんでした」

「殿が、あいつを気に入られておる」

と、福井は言った。「最近では、直《じか》に殿の所へ呼ばれることもあるのだ」

「あまりご心配なさらずとも。――矢崎も、私やご家老が例の一件に係《かかわ》っていたと疑ったとしても、よほどの動かぬ証拠がなければ、却《かえ》って身の破滅と分っております」

「うむ……。口をふさぐ相手は？」

「いざとなれば――米問屋、和泉屋《いずみや》を消してしまうことも。しかし、それは最後の手段」

「そうだな」

「それこそ、万一しくじって、洗いざらいしゃべられては、こちらが切腹ということにも」

「和泉屋は、他の大名にもつながっておる。まず手は出せまい」

と、福井は言った。「やはり矢崎を片付けるのが近道だな」

「あるいは口をふさぐか……」

「矢崎を買収するのか？」

「いや、あの堅物は、そうはいきますまい」

「ではどうする？」

「矢崎には若い妻がおります」

「ああ、いつぞや見かけたことがある。いい女だ」

「あの女を罠《わな》にはめるのでございます」

「どういう手だ？」

と、福井が身をのり出す。

そこへ、

「ごめん下さいませ」

と、声がして、「お酒をお持ちいたしました」

「そうか。入れ。——そこへ置いて行け。勝手にやる」

丸顔の女中は、言われるままに、早々にさがった。

「まあ、一杯やりながら話そう」

と、福井が言った。「——それで、矢崎の妻をどうすると？」

「不義密通の罠にはめるのでございます」

と、小塚が薄笑いを浮かべて言った。


つい、うとうとしていた。

カタッと庭で物音がして、菊乃はハッと目を覚ました。

「いけない。──もうこんなに」

辺りは暗くなり始めていた。

菊乃は急いで灯をともすと、玄関へと出て行った。

女中のみつが敷石に箒《ほうき》をかけている。

「みつ。旦那《だんな》様はまだ?」

と、菊乃が訊《き》くと、

「はい、まだお帰りになりません」

「そう」

いつもなら、夜になるのも珍しくはない。しかし、今日は朝、出かけるときにわざわざ、

「今日は早く帰る」

と、伝之助は言っていたのである。「家でやらねばならぬ仕事があるのでな」

「はい。お待ちしております」

と、菊乃は心ひそかに嬉《うれ》しい気持をこらえきれなかった。

夫と二人で夕食の膳《ぜん》をとる。――夫婦らしい時間だった。このところ、伝之助はいつも遅い。

「お使いも来ない？」

「ええ、誰も」

と、みつが少し訛《なまり》のある口調で答える。

伝之助が、「闇討ち」にあうかもしれないという不安が、菊乃を怯《おび》えさせていた。

平八はどうやらその敵方に金で転んでいたらしく、伝之助から暇《いとま》を出されていた。

男手が一人減って、不便ではあったが、女中のみつが器用で、少々の大工仕事までこなすのが分って、安堵《あんど》している。

「私は田舎におりましたとき、親父様が死んじまったんで、家じゃ力仕事から何でもやりましたから」

と、みつは重い米俵など運んでケロリとしているのだ。

「もう暗くなるわね」

菊乃は道へ出てみた。もうほの暗くて、遠くは見通せない。

少し待ってみる内、辺りはすっかり暗くなった。――諦《あきら》めて中へ戻りかけたとき、提灯《ちょうちん》の灯が近付いて来るのが見えた。

夫かと思ったが、やって来たのは空駕籠《かご》で、

「矢崎伝之助様の奥方様で」

と、駕籠かきが言った。

「さようですが……」

「矢崎様のお使いで参りました」

と、手拭《てぬぐ》いで汗を拭《ふ》く。

「旦那様の？」

「この駕籠で、来てほしいとおっしゃって」

「どこへですか」

「それは申し上げないように言われております」

菊乃は怪しんで、

「旦那様がそんなことをおっしゃるはずはありません」

と言った。

「ですから、これをお見せするようにと」

と、取り出したのは、印籠《いんろう》だった。

確かに、それは伝之助のものだ。

「分りました」

と、菊乃は言った。「ではお願いします」

「どうぞ、お乗りになって」

一旦《いったん》心を決めると、ためらうこともなく駕籠へと乗り込む。ただ、帯に挟んだ懐剣を我知らずに確かめていた……。


駕籠が止って、地面に下ろされる。

「着きました」

と、声をかけられ、菊乃は不安な思いを抱きながら駕籠を出た。

そこはすでにどこかの屋敷の庭の中だった。

駕籠はさっさと戻って行ってしまい、菊乃は一人、取り残された。

「どなたかおいでですか」

と、精一杯の声を出す。

すると、

「お待ち申しておりました」

という声。

廊下にきちんとした身なりの女中が一人、正座していた。

「ここは……」

「お上り下さいませ」

「私は矢崎伝之助の妻――」

「菊乃様でございますね。もちろん承知しております」

仕方ない。菊乃は庭から上ると、案内に立ったその女中の後について行った。

「――ここはどなたのお屋敷です」

と訊いたが、

「お待ち下さい。私は何も言うなと言いつけられております」

ほの暗い明りの下でも、その女中は美しく、どこか普通でない妖《あや》しい雰囲気を持っていた。

誰だろう？――何か奇妙な印象を受けながら、菊乃は、離れ座敷へと案内された。

「こちらでお待ち下さい」

――こうなったら覚悟を決めるしかない。

いささか無鉄砲なところのある菊乃は、用意された座布団に座ると、部屋の中を見回した。

本当に夫がここへ自分を呼んだのだろうか？　一人になると、あの駕籠に乗ってしまったのは間違いだったという気がしてくる。

印籠は確かに夫のものだったが、誰かが盗んだとも考えられる。

しかし待つほどもなく、足音がして、

「お待たせした」

思いがけない顔だった。

「ご家老様！」

「こんなやり方でおいでいただいて、さぞご不審だったろう」

福井は穏やかに、「まあ、茶でも一口」

さっきの女中が茶を出してくれる。

緊張で喉《のど》の渇いていた菊乃は、すぐに茶を飲んでホッと息をついた。

出て行った女中に、ふと白粉《おしろい》の匂いを感じ、

「――あのお女中は、何とかいう役者と似ておいでですね」

と、菊乃は言った。

そういえば、しゃべり方も、身のこなしも女形《おやま》の役者のそれに近い。

「芝居はお好きかな」

と、福井は言った。

「いえ……。父がよく連れて行ってくれましたので」

「なるほど」

おる」

「ご承知と思うが、矢崎殿にはわが藩の重大な疑惑について、探索に当ってもらって

「ご家老様。なぜ私を……」

「はあ。——詳しいことは何も話してくれませんが」

「いや、矢崎殿は実に誠実、正義の人。まあ、年貢米を巡って、誰かが不正を企《たくら》み、

私腹を肥やしておるのだ」

「さようでございますか……」

フッと目がかすんだ。

「矢崎殿は、いずれ事の真相を暴いて、わが藩を助《すく》ってくれましょう……」

「恐れ入ります……」

体が揺れた。いや、部屋が揺れたのか。

「あの……申し訳ございません。少しめまいが……」

「それはいかん。横になられるといい」

「いえ、そんな……」

そこまで言って、菊乃は不意に目の前が真暗になり、畳の上に倒れ伏した。

襖《ふすま》が開いて、

「薬が効きましたな」

小塚が入って来る。「これで半日は目を覚ましません」

「うむ……」

福井はじっと菊乃を見やっている。

「ご家老。――お気持は分りますが、今はそんなときでは」

福井はあわてて、

「何だと言うのだ！　わしは何も――」

「結構でございます。あの役者の方も眠らせてあります」

「よし。――うまくやれよ」

福井は立ち上って、それでも出て行こうとして、惜しい気持を隠しもせず、つい菊乃へ目をやっていた……。

不義の裏道

目を覚ましたのは、いびきのせいだった。それがなかったら、菊乃はもっと眠り込んでいただろう。

「ああ……」

ひどいいびき！――菊乃は、小さいころ父親のいびきで寝られなかったことがあり、いびきには敏感だった。

矢崎伝之助に嫁ぐときも、彼がいびきをかきませんように、と祈るような思いだったのである。むろん、それは無用な心配だったのだが。

でも——どうして今日はこんなにひどいいびきを？

菊乃は目をこすった。

目に入った部屋の様子が、いつもと違う。

え？　私はどこで寝ているの？

菊乃は布団に起き上った。

もう夜は明けているようで、障子越しに日が入って来る。

感覚が戻って来ると、菊乃はふと妙な気分になった。

布団の中が妙に暖い。そして——隣へ目をやった菊乃は思わず布団から転るように飛び出した。

これは……どういうこと？

見知らぬ男が一つの床に入っていた。その男のいびきだったのである。

血の気がひいて行った。——そして、自分が肌襦袢《はだじゅばん》だけのなりで、しかも胸元は乱れ、裾《すそ》が開いてしまっているのを見て愕然《がくぜん》とした。

「まさか……」

この男が、自分をもてあそんだのか？

誰だろう？　しかも、見も知らぬ場所。

菊乃は急いで肌襦袢をきちっと引張って着直すと、恐る恐る、いびきをかいている男の顔を覗《のぞ》き込んだ。

ふと白粉が匂って、悟った。

あの女中！　やはりあれは女形の役者だったのだ。

でも、なぜその役者と、一つ布団に入っていたのだろう？

呆然《ぼうぜん》としていると、突然、

「ご心配いりませんよ」

と、男の声がして、菊乃は飛び上るほどびっくりした。

襖が細く開いて、その向うに人影が覗いている。

「誰？」

と、菊乃が問いかけると、

「お話してる暇はありません」

と、声が答えた。「床の間に風呂敷《ふろしき》包みがありましょう。その中の着物を早く」

「でも――」

「急がねえと、旦那《だんな》さんが乗り込んで来なさいますよ」

「ここへ？」

「あんたが役者と不義密通を働いた、と知らされなすってね。その姿のあんたを見たら、カッとなって斬り捨ててしまわれるかも」

「分りました」

菊乃は風呂敷包みをつかんだ。

そのとき、

「菊乃！」

と呼ぶ声がして、息を呑《の》む。

伝之助だ。

「菊乃はどこだ！」

声は近付いて来る。

ガラリと襖が開いて、

「仕方ねえ。そのままこっちへ」

と促され、菊乃は迷う間もなかった。

急いで襖の向うへと走り込む。

片っ端から障子を開け、

「どこだ！」

と、矢崎伝之助は怒鳴った。

そして――いびきが聞こえて、さては、と障子を開ける。

布団が乱れて、男は眠りこけている。その隣に、女が背を向けて寝ていた。

「菊乃か！　起きろ！」

伝之助は大股《おおまた》で近付くと、布団をガバッとはいだ。

女が振り向いて、

「あれ？――旦那様？」

伝之助は目を見開いて、

「お前は――みつではないか」

「すみません、こんな格好で……」

女中のみつは、欠伸《あくび》しながら起き上り、「ゆうべは奥様からお休みをいただきましたので……」

「しかし……菊乃は？」

「奥様ですか？　さあ……。旦那様が戻られないので心配されてましたよ。たぶん、お台所にでもおられるんじゃないですか」

「そうか……」

伝之助は拍子抜けの態《てい》で、「この男は誰だ？」

「ああ、役者です。今人気で。――女形《おやま》ですけど、やっぱり男ですね」

と、みつは呑気《のんき》に言った。「旦那様、どうしてここへ？」

「いや……。ここに菊乃がいるという投げ文が……。まあ、どうでもいい」

伝之助は息をつくと、「みつ、遊びもほどほどにしろ」

「はあ」

伝之助は咳払《せきばら》いして、

「邪魔したな」

と言うと、出て行った……。

襖《ふすま》が開いて、

「おい、ご苦労だったな」

と、次郎吉が入って来る。

「あ、どうも」

みつはちょっと照れた様子で、「こんな格好ですみません」

「こっちが頼んだんだ」

「でも良かったです。あんないい奥様が、間違って斬られたりしたら、私、旦那様を殴り殺してたかもしれません」

「愉快だな、お前は」

と、次郎吉は笑って、「さあ、着物を着な。ちゃんと礼はする」

「いいんです。奥様がご無事なら」

「そうはいかねえ。働きゃ金はもらうもんだ」

と、次郎吉は言った。

「じゃ、ちょっと待ってて下さい」

さっさと手早く着物を着ると、みつは、まだ眠りこけている役者の顔を覗き込んで、

「ひげが伸びてる。何かがっかり」

「さあ、行こう」

次郎吉はみつを促してその部屋を出ると、庭へ下り、裏木戸から外へ出た。

矢崎の屋敷からそう遠くない茶屋である。

「じゃ、私はお屋敷へ帰って仕事をします」

「よくやってくれた」

次郎吉は小判をみつの手に握らせた。

「こんなもの……。持ったことねえで、おっかねえ！」

びっくりしたみつは、つい訛《なまり》丸出しになった。

「しまっとくんだな」

「はい。――奥様は本当に大丈夫だったんでしょうか」

「妹がついてる。心配するな。うまくやるよ」

「ありがとうございます!」

みつは馬鹿丁寧におじぎをした。

行きかけると、次郎吉が、

「待て!」

と呼び止め、「様子がおかしい。じっとしていろ」

と、声を押し殺し、みつを腕に抱いて塀に身を寄せた。

「あの、何が――」

「しっ! 口をきくな」

次郎吉は、人の気配を感じ取っていた。それも一人ではない。――中の廊下をバタバタと走って、あの部屋の障子をガラッと開ける音がした。

何か怒鳴っている。

「――話にならん!」

と、一人が怒って行ってしまう。

次郎吉はいやな予感がした。

「お待ち下さい！」

という甲高い声は、あの役者の叫びだった。

次郎吉は次の瞬間、その役者が絞り出すような悲鳴を上げるのを聞いた。

やられたな。——ひどいことをしやがる。

バタバタと足音が立ち去ると、次郎吉はみつに、

「ここにいろ」

と、小声で言うと、庭の中へ戻って行った。

廊下に、あの役者が無残に斬られて、血まみれで倒れていた。

「——死んでるんですか」

いつの間にか、みつが次郎吉を追って入って来ていた。

「しくじったので、口をふさいだんだ」

と、次郎吉は言った。「役者のせいじゃねえのに」

「可哀そうに……」

みつが手を合せた。

伝之助は屋敷に戻ると、まず台所へと足を向けた。普段、足を踏み入れることのない場所である。

少しこわごわ覗《のぞ》いて声をかけ、返事がないので、そっと足を進める。

すると——柱にもたれて、居眠りしている菊乃の姿が目に入った。

「菊乃。——いるのか」

「菊乃……」

呼ばれてハッとしたように目を開け、

「まあ、私ったら……。あなた、お帰りなさい！」

と、急いで立ち上り、「私としたことが、こんな所で……」

「いや、疲れていたんだろう。心配もかけているしな」

伝之助は妻の肩を抱くと、「良かった。お前が無事で」

「あなた……」

菊乃は夫の胸にそっと顔を埋《うず》めた。

勝手口から、小袖が静かに外へと滑り出て行くのを、二人とも全く気付かなかった
……。

必殺

「馬鹿者め！」

と、福井が怒鳴ると、小塚はただ平伏して、

「何とも申し訳も……」

と、くり返すばかりだった。

福井は苛々《いらいら》と部屋の中を歩き回っていたが、やがて大きく息をつくと、

「もう、遠回しな手を弄《ろう》している時ではない！」

と言った。「矢崎は、殿からのご下命で我々にも手を伸して来るぞ」

「それは何とかせねば……」

「当り前のことを言うな！」

と、また怒鳴っている。「――小塚」

「はい」

「何としても矢崎を葬り去るのだ。それ以外にない」

「承知しております」

「いいな、必ず今度は斬れ！」

「はあ、きっと」

「女房も、可哀そうだが一緒に片付けろ。共に死なせてやるのが、せめての情だ」

と、福井は言った。「しかし、人目のある所ではまずい。我々の足をすくおうとしている者もおるからな」

「できれば出仕しない日にやってしまうのがいいな。辻斬《つじぎ》り、強盗の類《たぐい》に見せかけることができる」

「では城外で」

「かしこまりました」

「確か矢崎は明後日《あさって》、休みを取っているはずだ。――いいな、決してしくじるな！」

「はっ！」

小塚は再び畳に額をこすりつけた……。

「よいな」

と、小塚は言った。「矢崎もなかなかの遣い手と聞く。用心しろ」

「ご心配は無用です」

と、笑みを含んで言ったのは、この藩きっての剣の遣い手と言われている国安久之《くにやすひさの》進《しん》。

「あの役者を斬ったようにはいかんぞ」

と、小塚が顔をしかめる。「今度こそしくじりは許されぬのだからな」

「矢崎とは、一度立ち合ったことがございます」

と、国安は言った。「確かに、なかなかの腕ではございますが、敵ではございません」

「よし。そうまで言うなら……。しかし、念のためだ。手勢は多い方がよい」

「向うにも、どうやら味方についている者がある様子。こちらは腕の立つ者、六人を引き連れて参ります」

「お前を入れて七人か。それなら安心だな」

と、小塚は肯《うなず》いて、「いいな。必ず仕留めて帰れ！」

命令しているのだが、声は上ずっていた。

失敗すれば自分の首が飛ぶ、と心配なのだろう。いや、怯《おび》えていると言った方が正しいかもしれない。

そして、その昼下り――。


「出かけて来る」

と、矢崎伝之助は刀を手に言った。

「あなた。どちらへ」

菊乃がすがりつくようにして、「危のうございます。誰か警護を頼まれては」

「大丈夫だ。昼日中だぞ」

と、伝之助は微笑んで、「お前も用心しろ」

「はい……」

伝之助は出仕のときとは違って、着流しに深編笠《ふかあみがさ》。刀を腰に差すと、

「行ってくる」

と、菊乃へ声をかけ、編笠をかぶって、門を出た。

——国安と配下の六人は、物かげから伝之助が出て来るのを見ていた。

「出たな」

と、国安は言った。「後を尾《つ》け、人気のない所で一気に襲って斬る。いいか」

一同が肯く。国安は一人へ、

「お前は、矢崎の妻を斬って来い。すぐ後から来れば追い付くだろう」

「はい」

若い侍で、いささか気乗りしない様子だったが、「頭巾《ずきん》はかぶりますか」

「どうせ殺すのだ。必要ない。昼間からそんな物をかぶっていたら、却《かえ》って人目につく」

「はあ」

「他の者は一緒に来い」

国安と五人が、矢崎伝之助の後を追って行く。残った一人は、

「女を斬るのか……。これも役目だ」

と、つまらなそうに言って、矢崎家の門をくぐった。

上り込んで、正面の襖《ふすま》を開けると、床の間に向って花を生けている若妻の後ろ姿があった。

「矢崎伝之助殿のご内儀ですな」

と、刀を抜いて、「主君の命。お恨みあるな」

刀を振り上げると、

「お人違いでしょ」

クルリと振り向いたのは小袖で——。

若侍は、国安たちに追いつくことはできなかった……。


「この先は寺だな」

と、国安が言った。「よし、あの角を曲った辺りにしよう」

刀の鯉口を切って唇をかむ。

伝之助が土塀の角を曲って見えなくなる。

国安は少し足を速めて、その角を曲った。すると——。

「国安様！　あれを」

道が二手に分れているのだが、深編笠の、そっくりな着物の侍が両方へと歩いて行くのだ。

「どっちだ？」

国安は焦った。迷っていると、伝之助を見失いかねない。

「仕方ない。三人、そっちへ行け。俺はこっちを追う。人気のない所へ来たら、人違いでも構わぬ。斬れ」

三人ずつ二手に分れて、あわてて追って行く。

「しまった」

国安は舌打ちした。

寺の境内が縁日でにぎわっているのだ。これでは刀を抜くわけにいかない。

見失っては大変、と国安は懸命に深編笠の後ろ姿を追って行った。

寺を出ると、伝之助らしい男は左へ折れた。

三人が後を追うと、相手の姿はフッと消えた。

「どこだ？」

と、周囲を見回す。

「国安様、あそこに！」

指さす方へ目をやると、深編笠が駕籠《かご》かきのたまり場を抜けて行く。

「よし、見失うな」

と、小走りに追うと――。

国安たちは足を止めた。

「じゃ、参りますぜ」

今しも駕籠に乗ったのが、そっくりの深編笠で、さっさと駕籠は行ってしまう。

「今のが矢崎か？」

国安は苛々《いらいら》と、

「顔が見えませんでしたが……」

「何てことだ！　よし、二人であの駕籠を追って行け。こっちは俺一人でいい」

「はあ」

二人はあわてて駕籠を追って行き、国安はもう一人を追って駆け出した。

「――畜生！　どこだ！」

木立の間を駆けて行くと、

「拙者をお捜しか」

国安が足を止めると、矢崎伝之助が現われた。深編笠を外して手に持っている。

「そうだ。理由は分っていよう」

「国安。そなたもいい腕を持ちながら、あのご家老と組んで名を汚すつもりか」

「今さら遅い。俺はご家老のご息女を妻にめとる約束をしているのだ」

国安が刀を抜くと、伝之助も編笠を捨てて刀を抜いた。

「いくらいい腕でもね」

と、声がした。「罪もねえ役者を斬ったのはあんただろう」

「誰だ！」

次郎吉がフラリと姿を現わし、

「成り行きで、そちらの矢崎さんの手伝いをしてるケチな野郎でね」

と言った。「同じなりの浪人を雇って、別の方へ歩いてもらったのさ。せっかくの手勢もあんた一人になっちまったね」

「おのれ……。貴様など俺一人で充分だ」

「そうかね。——矢崎さんと二人相手にしても？」

国安も、次郎吉がただ者でないことは分ったらしい。二人を相手では分が悪い。

「今に……配下の者が駆けつけて来るぞ」

「それまでには決着がついていましょうぜ」

次郎吉の手から短刀が飛んだ。国安の刀が素早くそれを叩《たた》き落とした。しかし、同時に斬り込んで来た伝之助の剣は、辛うじてよけただけだった。体勢が崩れ、立て直す間もなかった。

伝之助の次の一太刀は、国安の肩から斜めに斬り込んだ。声も立てずに、国安の体は地に伏した。

伝之助は息を吐くと、

「かたじけない」

と、次郎吉へ言った。「一対一なら、とても勝てぬところ」

「なに、あの役者の恨みが、矢崎さんの味方をしたんですよ」

と、次郎吉は言った。

「気の毒なことをしました。——家老と米問屋の組んだ不正は、必ず暴いてみせます」

「まあ庶民にゃ縁のないことで」

次郎吉は短刀を拾い上げると、「ただ、影武者役で雇った浪人の手間賃は払ってやって下さいまし」

「もちろんです。心から礼を申します」

伝之助は深々と頭を下げて——。顔を上げたときには、そこにはもう誰もいなかった……。

「菊乃！」

伝之助は屋敷へ上ると、「菊乃！　無事か？」

と呼んだ。

「お帰りなさいませ」

菊乃が出て来る。

「良かった！　心配したぞ」

「強い味方がおりますもの」

と、菊乃が微笑んだ。

「あの小袖という方か」

「いいえ」

菊乃が目をやった方を見ると、国安の配下の若侍がグルグル巻きに縛られて、のびている。

「これは……」

「みつが太い薪《まき》で頭を思い切り殴ったのでございます。よほどこたえたとみえて、まだ気が付きません」

「何と……」

伝之助は思わず笑い出した。

「旦那様《だんなさま》！」

みつがやって来ると、「家じゃよく米俵を縛ったもんです。どうです、この縛り方は？」
と、得意げに言ったのだった……。

鼠、うたた寝する

頭隠して

「道場へ行ってくるわ」

小袖《こそで》は兄へ声をかけて、「——寝てるの？」

「ああ……。昼寝も商売の内だ」

通称〈甘酒屋〉の次郎吉《じろきち》は、縁側の方を向いて横になっていた。

「鼠が昼寝じゃ、猫は暇だわね」

と、小袖は笑って、「それじゃ」

「ああ……」

面倒くさそうに唸《うな》って、次郎吉は目も開けなかった。

少し日が傾きかけるころで、長屋も静かだ。

夜の商売——盗人《ぬすっと》である次郎吉は、このところ、次に狙い定めた大名屋敷の下調べで忙しい。何しろ大名屋敷というのは、馬鹿馬鹿しくなるほど広い。

前もって、屋敷の中の様子を多少でも分っていないと、次郎吉でも迷子になりかねない。

今や大江戸中に名の知れた〈鼠〉が、忍び込んだ屋敷の中で迷子になって捕まったりしたら、もの笑いだ。

明日《あした》の晩、と決めている。

その大名は明日花見に行くことになっていて、大方の家来も同行するのだ。当然、酒が入る。夜は、ほとんどの侍が酔ってぐっすり寝込むだろう。

庭先に人の気配があった。

「お願いです！」

目を開けると、武家の娘らしい女が押し殺した声で言った。「追われております。匿《かくま》って下さいませ」

切迫した口調である。

次郎吉は横になったまま、答えなかった。

すると、バタバタと足音が長屋の裏手をやって来る。

娘はハッとして、

「ごめん下さいませ」

と、小声で言ったときには、もう脱いだ草履を手に、次郎吉の部屋へ上り込んでいた。

「申し訳ありません」

と、次郎吉へ一礼すると、押入れを開けて、その中へ。

次郎吉は目を閉じた。

「――どこだ！」

「確かこの辺りで……」

庭といっても、長屋の裏手だ。猫の額、と言ったら猫が怒りそうな狭さだが、侍が二人、中へ大股《おおまた》に入り込んで来た。

「おい、町人！」

と、一人がだみ声で呼ぶ。

次郎吉は目を開けると、

「何ごとです？」

と、面倒くさそうに言った。

「女が逃げて来なかったか」

「さあ……。ご覧の通り、昼寝しておりましてね」

次郎吉は欠伸《あくび》をした。

「こいつ、我々を何だと思っている！」

「よせ」

もう一人がたしなめて、「どこかへ抜ける道はあるか」

「突き当りは袋小路に見えますが、行ってみると、細い隙間があって、脇へ出られますぜ。ま、犬猫ぐらいしか通りませんがね」

「よし、行ってみよう。——邪魔したな」

侍たちが出て行く。

次郎吉は息をついて目を閉じた。

押入れの襖《ふすま》がカタッと動く。

「まだ出ちゃならねえ」

次郎吉は口を閉じたまま、小声で言った。「表で様子をうかがってますぜ」

ややあって、侍たちは去って行った。

「——行ったようだが、用心するなら、もう少し待ちなせえ」

と、次郎吉は言った。

長屋の他の住人にも、女の行方を訊《き》いている侍たちの声が遠く聞こえていた。

その内、夕飯の仕度に、米をといだり、魚を焼いたりする音と匂いがあちこちから流れて来て、次郎吉はゆっくり体を起した。

「少し暗くなって来やがった」

と、空を見上げて、「もう大丈夫でしょう」

押入れの襖が開いて、

「ありがとうございました」

と、娘がきちんと手をついて礼を言った。

「俺が匿ったんじゃねえ。あんたが勝手に上り込んで、押入れへ入っただけだ」

と、次郎吉は素気なく、「だから礼にゃ及ばねえ。どこへなりとおいでなせえ」

娘はちょっと目を伏せて、

「ご迷惑をおかけしました」

と言った。「縁もゆかりもない方に、何か災難がありましては申し訳がないのですが……。とっさのことで、余儀なく……」

「済んだこたあいい。どこぞのお女中らしいが、この長屋の連中は、みんなお侍のことなんかにゃ係《かかわ》りなく生きてるんですよ。巻き添えにしねえで下せえ」

次郎吉の言葉に、

「ごもっともなお言葉です」

と、娘は言った。「これ以上は決して――」

「そう願いたいもんですね」

次郎吉は庭先をチラと眺めて、「どうせなら、もっと暗くなってから出ちゃどうです」

娘はほんのわずかの間、ためらっていたが、

「姫様がお待ちですので」

と言って立ち上った。「参ります。あの——押入れの中の布団に、少し草履の泥が
……」

「構いませんよ」

「申し訳ありません」

律儀に詫《わ》びて、娘は庭先へ下りると、もう一度次郎吉へ頭を下げて出て行った。

もうじき暗くなる。——次郎吉にとっては「起きる時刻」だった。

「『姫様』か」

と、次郎吉は呟《つぶや》いた。「どこのお姫様か知らねえが」

——それからしばらくして、

「何か騒ぎがあったのね」

帰って来るなり、小袖が言った。「そこでおかみさんたちが話してた」

「ああ、ちょっとな」

次郎吉の話を聞くと、

「安全な所まで送ってってあげりゃ良かったじゃないの。不人情だわね」

「冗談言っちゃいけねえ。どこのお家騒動か知らねえが、こっちがとばっちりを食う
んじゃかなわねえよ」

「そりゃまあそうだけど……。斬り合いやら何やらあった、って話は聞いてないけどね」

「もう暗くなりかけてたんだ。大丈夫さ」

小袖に言われて、少々引っかかったものの、自分を安堵《あんど》させるように呟いた次郎吉だった……。


「こんにちは！」

元気な声が飛び込んで来た。

「あら、お国《くに》ちゃん」

小袖が笑顔になって、「また少し背が伸びたんじゃない？」

「一杯食べてるんで」

「おい、それじゃうちがろくに食わせてなかったみてえだ」

と、次郎吉が笑って言った。

「これ、千草《ちぐさ》先生から」

と、風呂敷《ふろしき》包みを置く。

「まあ、何かしら？」

「先生が長崎でオランダ人の料理人から習った、お肉の料理ですって。おいしいですよ！」

「へえ、千草さんの手料理かい」

「先生が、『次郎吉さんは、きっと私が人の体以外は包丁を入れたりしないと思ってらっしゃるだろうから』って」

「そいつはいいや。じゃ、オランダの味をためしてみよう」

お国は、上ってお茶をもらうと、

「小袖さん」

と、いやに真面目な顔になって、「男って、何だって女と見りゃ、あんなことしか考えないんでしょうね」

「なあに、だしぬけに」

「今朝早く、若い娘さんが倒れてたって、駕籠《かご》かきの方が運び込んで来たんですけど……」

「まあ、病気で？」

「いいえ。どこかのお武家さんのお女中のようでしたが、肌が傷だらけで……。千草先生が顔をしかめたくらい。何人もの男に代る代る手ごめにされて放り出されたんだって……」

「気の毒に」

小袖が眉《まゆ》をくもらせる。「それで今は？」

「とりあえず傷の手当をして……。でも、ただぼんやりして、宙を見てるだけなんです。千草先生は『心が傷つけられてるのよ』って……」

「ひどい話だわね。――お国ちゃんも、夜中に病人が出て、千草さんと出かけることがあるでしょ？　用心するのよ」

「私、今度から短刀でも持って歩こうかと思ってます」

「そうだな。夜中にゃ、どんな奴と出くわさねえとも限らねえ」

と、次郎吉が言った。

「そのお女中は、名前も分らないの？」

「何を訊いても、分ってないみたいです。ただ、時々ハッと思い出したように、『姫様』って言うだけで」

次郎吉の顔から笑いが消し飛んだ。

姫君

間違いない。

次郎吉はため息と共に肯《うなず》いて見せた。

あのとき律儀に何度も礼を言って出て行った娘は、今ぼんやりと開けた目で、ただ暗い天井を見上げていた。

「――声をかけてみてもいいですかね」

と、次郎吉は千草へ訊《き》いた。

「どうぞ」

寝ている娘の布団の傍に膝《ひざ》をついた次郎吉は、

「おい」

と、小声で言った。「憶《おぼ》えてるかね。あんたが隠れた押入れの……。聞こえるかい？」

娘がかすかに目を細めた。

「少し反応しているようですね」

と、千草が言った。「――ね、この人を見て。憶えてる？」

次郎吉は覗《のぞ》き込むようにして、娘の目に視線を合せた。

「あんたは言ってたね。『姫様』が待ってるって」

「姫様」の言葉に、娘の眉がピクリと動いた。

「会えたのかね、『姫様』に」

と、次郎吉が続けると、娘の息が荒くなった。

そして、半ば開いたままの口から、かすれた声が、

「姫様……」

と、洩《も》れ出た。

「分るかね」

「姫様……」

と、娘はくり返すと、突然次郎吉の手をギュッとつかんだ。

次郎吉はギクリとしたが、そのまま娘の手を握り返してやった。

そして娘の顔が歪《ゆが》むと、激しくすすり泣き始めたのである。

「落ちついて。——大丈夫よ」

千草が娘の体を抱きかかえるようにして、やさしく撫《な》でた。「心配ないわ。——落ちついて。目をつぶって」

娘は深く何度か息をつくと、目を閉じた。

次郎吉はそっと娘の手から自分の手を抜くと、

「いつまでこうでしょうかね」

「さあ……。それは私にも分りません。それに……」

と言いかけてためらう。

娘の寝ている部屋を出ると、千草は次郎吉と小袖に、

「男たちは、少なくとも三人はいたでしょう」と言った。「身ごもっていなければいいのですが」

「そんなことになったら……」

と、小袖が首を振って、「兄さん、何とかしてあげなきゃ」

「うん……」

正直、次郎吉のせいだと言われると困るが、といって知らん顔を決め込むわけにいかない。

「——あの娘を運んで来た駕籠かきですがね」

と、次郎吉は言った。「顔見知りで？」

「ええ。時々、患者さんを運ぶのに頼みます」

「娘をどこで見付けたか、訊いてみたい」

「ご案内させましょ。——お国ちゃん、次郎吉さんを駕籠屋さんへ」

「はい」

次郎吉たちはお国について仙田良安《せんだりようあん》宅を出た。

そこは駕籠屋の裏手で、雑木林が昼も光を遮って薄暗い。

「その辺に白い足が覗いててよ」

と、駕籠屋が言った。「ギョッとしたぜ。てっきり仏かと思ってな」

「夜中に何か聞こえなかったかい？」

と、次郎吉が訊くと、

「さあね……。何しろ夜はみんなくたびれて寝てるからね」

「そうだろうな」

「しかし……ひでえ奴もあるもんだ。見付けたときゃ、丸裸にされて放り出されてて
よ。周りに落ちてた物をあわてて着せてから、あの女先生の所へ連れて行こうってこ
とになってね」

「そいつはいい考えだったよ」

と、次郎吉はなだめるように、「近くで怪しい奴を見かけなかったか？」

「さてね……。夜は暗いし、日が射すとこっちは仕事だし」

次郎吉も、期待していたわけではなかった。ただ、どんな男たちがあの女中をあん
なひどい目に遭わせたのか、ちょっとした手掛りでもあれば、と思ったのだ。

「おい、八公《はちこう》」

と、駕籠屋の相棒が欠伸《あくび》しながらやって来た。

「何だ、どこ行ってやがったんだよ」

と、八公と呼ばれた方が顔をしかめて、「お前がいなきゃ、商売できねえじゃねえ

か！」

「すまねえ。でも——何だか今朝から腹下してな。これじゃ駕籠をかつげやしねえから、あの女先生んとこへ行って薬をもらって来た」

「へっ、お前に人間の薬が効くのかよ」

「何だと？　もういっぺん言ってみやがれ」

「まあ待ちな」

と、次郎吉は苦笑して割って入った。「病に貴賤《きせん》はない、ってのがあの先生の信条だ」

「そんなもんかね。こいつが相棒の作治《さくじ》だ」

「そうか。お前さんも、ゆうべ何も見ちゃいねえかい」

「あの女のことかい？　ぐっすり眠ってたんでな……」

「そうか。いや、それならいいんだ」

と、次郎吉が肯く。

「つい今しがた、訊きに来た奴がいたけどな」

作治の言葉に、次郎吉と小袖は顔を見合せた。

「——訊きに来たって、何を？」

と、次郎吉が問うと、

「うん。若い侍がやって来てよ、この辺で女が襲われたと聞いたが、って。俺は何もしゃべってねえが、すぐ噂ってもんは広まるんだな」

「で、お前、何てったんだ?」

「あの女先生のとこへ運んだ、って言ってやったよ」

「その侍がどこの家中か分るかい」

と、次郎吉は訊いた。

「さあね。向うは名のらなかったよ」

「兄さん」

と、小袖が言った。「千草さんの所に行ったかも」

「ああ。――ありがとうよ」

次郎吉と小袖は駕籠《かご》屋を後にして、急いで仙田良安の家へと戻って行った。


「あ、お帰りなさい」

先に戻ったお国が、玄関先を掃いていた。

「お国、今、侍が訪ねて来なかったか?」

と、次郎吉が訊くと、

「ええ。千草先生が今、患者さんを診てらっしゃるんで、待っていただいてます」

「その侍はどこにいる？」

「上ったとこの待合所で──」

次郎吉は素早く駆け上った。くたびれ切ったような百姓が二人、ぼんやりと座って診察を待っている。

「いない。──お国、あの女中のいる部屋を侍に教えたか」

「いいえ」

それなら、捜すのに手間取っているだろう。次郎吉と小袖は廊下を駆けて行った。

あの女の寝ている部屋の戸をガラッと開けると、若侍がハッと顔を向けた。手にした小刀を、横たわる女の胸に突き立てようと腕を引いたところだった。

「よしやがれ！」

次郎吉が若侍の手から小刀を叩《たた》き落とした。

「何をする！」

と、傍の刀をつかんで立ち上った若侍の下腹を、次郎吉の拳《こぶし》が一撃して、若侍は一声呻《うめ》くと倒れてしまった。

「間に合った！」

と、次郎吉が息をつく。

女の方はウトウトしていたらしく、騒ぎで目を開けると、

「姫様……」

と呟《つぶや》いた。


やがて気が付いた若侍は、動こうとして、手足を縛り上げられているのに気付いた。

「おのれ……。誰か！」

と、転るように寝返って——布団に起き上っている女を見てハッと息を呑《の》む。

女は胸もとをはだけ、ぼんやりと目の前を見つめながら、両手はゝまりでも突いているように動いている。

「浪江殿《なみえどの》！」

と、若侍が言った。「浪江殿、無事か！」

だが、女には全く聞こえていないようで、若侍を見ようともしない。

「浪江殿、進吾《しんご》だ。馬垣《まがき》進吾だ。お分りにならぬのか！」

浪江と呼ばれた女が、口を開いた。

「姫様……。お早うお戻りを……」

「浪江殿——」

「屋敷の外には狼が……。姫様を食べてしまおうと待っております……」

「そなたは……正気を失ったのか」

若侍は何とか縛られたまま上体を起すと、

「許してくれ……。私がそなたをこんな目にあわせてしまった……」

と、涙をこぼした。

すると——浪江が引きつったような笑い声を上げて、

「いい男でしたわねえ、姫様……。でも、私は一人で充分……。進吾様さえいらっしゃれば、それで満足でございます……」

「浪江殿！　進吾はここにいる！」

「でも……進吾様もお侍……。姫様がお望みになれば、お召し上げになってしまうのですものねえ……」

浪江はそう言うと、はらはらと涙をこぼした。進吾が呻くような声を上げて唇をかんだ。

戸が開いて、

「聞いてましたぜ」

と、次郎吉が入って来る。「どんな事情か知らねえが、この人を刺そうなんて思わねえと約束してくれりゃ、縄を解きましょう」

上意

「殿」

と、冷ややかな声が言った。「お呼びでございますか」

藩主、忠永《ただなが》は太い眉《まゆ》をちょっと上げて、

「言わずとも、用は分っておろう！」

と、吐き捨てるように言った。「布施姫《ふせひめ》のこと、くれぐれも目を配るように言いつけたぞ！」

「確かに承りました」

「それなのに……。安藤《あんどう》、これはどうしたことだ！」

忠永は手にした紙の束を目の前へ叩きつけた。バラバラになって飛び散る一枚を安藤が拾い上げ、眺めた。

「――誰を当てこすったものか、考えずとも分る」

と、忠永は苛々《いらいら》と言った。「布施姫の乱行の数々、今は市井の噂で済んでも、お上が本気でお取り上げになれば、どんなことになるか……」

「そのような瓦版《かわらばん》など、真に受ける者はございますまい」

と、安藤は笑って、「それより、殿、もっと用心せねばならぬのは、オランダ船との行き来。間にこれ以上人を入れては——」

「分っておる」

と、忠永は渋い顔で、「そのことについても、お前が任せろと言うから——」

「他に信用できる者がおりますか？」

と、安藤が言い返す。「私はこちらのことで手一杯。姫君の夜遊びの心配までは手が回りかねます」

「仕方ないな」

と、忠永がため息をついて、「姫にはわしが話そう。今どこにおる？」

「お呼びしましょう」

安藤が手を打つと、

「——ご用でございますか」

と、小姓が現われた。

「布施姫をこれへ」

「おいでになりません」

と、小姓が当り前のように答える。

「何と？　どこにおる」

と、忠永が訊《き》いた。

「おそらく、隅田川のどこかに……」

「川だと？」

「船遊びが、このところお気に入りでございます」

「やれやれ……」

忠永が首を振って、「いつごろ戻るのだ」

「さあ……。日によりましては、明け方までお戻りでないこともございます」

「何と……。誰かついておるのか」

「はあ、姫君のお気に入りの者が――」

「何か危いことがあったときには、姫を守る者はおるのだろうな」

「はあ。ただ――武道ばかりの者は、姫君がお嫌いで」

「全く……。あてにならぬ奴ばかりだ！」

と、忠永は吐き捨てるように言って、「万一のことがあれば……」

「滅多なことはございません」

と、小姓はのんびりと言った。「太平の世でございます」

「助けて！」

「誰か！」

昼日中、時ならぬ金切り声が、道行く人の足を止めさせた。

「誰か！」

必死で手を振っているのは、いい身なりの女中らしい。——川の真中で、屋形船から手を振って叫んでいるのである。

「何だありゃ？」

と、次郎吉は足を止めた。

「助けて下さい！　船に水が——」

と、大声で叫ぶ。

言われてみれば、屋形船が少しずつ傾いている。

「泳いで来い！」

と、岸の野次馬が怒鳴った。

「姫様が……」

「姫様だと？」

「代りの船を！　お願いいたします！」

たちまち人は集まってくるが、川へ飛び込んで助けに行こうという者はない。

「——この辺は深いのか」

と、次郎吉が言った。

「さあ」

と、小袖が首をかしげて、「測ったことないけど、背は立たないでしょうね」

そうする間にも、船は傾いていた。

見渡しても、その辺に船は見当らない。

「――しょうがねえ！」

次郎吉はため息をつくと、「おい！　泳ぎに覚えのある奴！　見殺しにしちゃ江戸っ子の恥だぞ！」

と、周囲の野次馬へ呼びかけ、手早く帯を解くと、着物を脱ぎ捨て、川へと身を躍らせた。

すると、「いいところを見せたい」という男が少なくないらしく、次々に川へと飛び込む。

次郎吉は屋形船へ泳ぎ着くと、

「船頭はどうした！」

と、へりにつかまって訊いた。

「いなくなってしまったのです」

と、女中が言った。

そいつは妙だ。

「ともかく一人ずつ、泳いで来た奴につかまって岸へ！　その着物は脱ぐんだ！　そんな着物着てたら重くて引張って行けねえ」

「裸になるのですか？」

「襦袢《じゅばん》でいい。濡《ぬ》れて透けるぐらいは我慢しろ！」

次郎吉は船へ上ると、「何人いるんだ？」

「私どもお付きの者が四人です。でも姫様が――」

「どこにいるんだ？」

「中に座っておいでです」

「早く連れて来い！」

「それが、絶対動かぬ、とおっしゃって」

「厄介な姫様だな！　分った。――あんたたちは、さっさと飛び込め！」

女中たちが帯を解き、襦袢姿になると、悲鳴を上げながら水へ飛び込む。

次郎吉は座敷の戸を開けた。

もう足首まで水が来ている。

「姫様」は、奥に一人、重い打掛姿で、じっと座っていた。

次郎吉は水をバシャバシャとはね上げながら、

「さあ、お姫様！　早く逃げねえと、船もろとも川の底ですぜ」

と、手を伸した。

「無礼な」

と、その姫は次郎吉を見て、「白井《しらい》藩主の娘、布施姫であるぞ」

「白井藩だって？」

では、あの浪江という女の呼んでいた「姫様」がこれか。

布施姫の名は、瓦版《かわらばん》などで広く知られていた。女ながら吉原《よしわら》へ通い、酒色に溺《おぼ》れているとも言う。

しかし――意外なことに、目の前の布施姫は、まだあどけなさを残した若い娘で、別に「男を取って食う」恐ろしい鬼女のようでもない。

やや丸顔の、むしろ百姓娘と言った方が似合いそうな顔立ちである。

「冷てえだろう」

水は、布施姫の膝《ひざ》を隠すところまで来ていた。「さあ、立って！　あんた一人くらいなら、おぶって岸まで泳げる」

「そんな見苦しい真似はできぬ」

と、布施姫は頑《かたく》なに正面を見据えて動かない。

「困ったね……」

水はどんどん入って来ていた。姫は腰まで水に浸《つか》り、さすがに怯《おび》えの表情が浮かんだ。

「あんたは死にたいのか」

次郎吉の言葉に、姫がぎくりとする。

「大体、この船が沈んでるのも、妙なもんだぜ。誰かがあんたの命を狙ったんじゃねえのか？」

「承知です」

「そうか。じゃ、誰が狙ってるのかも？」

「見当はついています」

「それで死んじまって、悔しくないのか」

「私は……生きている値打のない女です」

姫は扇を固く握りしめて、「こうなるのは自業自得」

「そうか」

次郎吉は、無理に姫を引張り出すのはやめた。「しかしね、一緒にいた女中たちは、あんたを残して、自分たちだけ助かったとなれば、厳しい咎《とが》めを受けるだろう。せっかくこの船から逃げ出しても、後で手討ちにならないとも限らねえぜ」

姫が次郎吉を見た。初めてそのことに気づいた、という表情だ。

「父上に伝えて下さい！　私は逃げないことにしたのだと」

「俺の言うことなど、聞いちゃくれまい。――どうする？　もう沈んじまうぜ」

水が胸の辺りまで来て、姫はさすがに立ち上った。

「――行くかね」

「でも――」

と、口ごもる。

そのとき、突然、船頭が水の中から頭を出した。

「邪魔するな！」

「船頭のなりはしてるが、侍だな」

「一緒に死んでもらう」

船頭が匕首《あいくち》を抜いて、次郎吉へと突きかかる。次郎吉は水中に身を沈めると、相手の足を取って仰向《あおむ》けにし、あわてて立とうとする相手の手から匕首を奪った。

激しいもみ合いがあって――船頭に化けた男は匕首を胸に受けて沈んだ。

「助けて！」

姫が必死に水から顔を出し、手を伸した。

「つかまれ！」

次郎吉は姫の手をつかんだ。

ブクブクと白い泡を立てながら、屋形船は完全に水に沈んだ。

「ああ……」

岸へ上った女中たちが悲鳴を上げる。

「姫様！」

と、一緒に飛び込んだ顔見知りの男が覗《のぞ》き込む。

「〈甘酒屋〉さん、大丈夫か？」

「ご心配なく」

と、小袖は微笑んで、「めったなことじゃ死にませんよ」

言ったとたんに、川面《かわも》にポカッと次郎吉の頭が出た。

「ほらね」

――次郎吉が、気を失っているらしい布施姫を片腕で抱くようにして、泳いで来る。

「誰か羽織でも」

と、小袖が言った。

布施姫はほとんど裸同然の格好だったのである。

「姫様！」

「布施姫様！」

女中たちが、岸に上げられた姫を取り囲む。

「息はある」

と、次郎吉は言った。「どこか、部屋を借りて、休ませるんだ」

次郎吉はホッと息をついて、

「やれやれ、とんだことだ」

と呟《つぶや》いた……。


戸が開いても、すぐにそこに立っているのが布施姫だと分らなかったらしい。

馬垣進吾は、いぶかしげにその女を見上げて、

「──姫！」

と、あわてて座り直した。

「浪江は……」

布施姫は、借り着に髪も濡《ぬ》れたままで、眠っている浪江へ眼をやった。

「眠っております」

「許しておくれ！」

と、姫はその場に座り込み、両手をついて詫《わ》びた。

「姫……」

「あんなことになるとは……」

「この浪江さんを襲った侍たちは――」

と、次郎吉が言った。「同じ白井藩の者かね」

「上意である、と言って、私の命を狙って来たのです」

と、姫は言った。「浪江は私の身代りになって逃げ、男たちは浪江を追いかけ……」

「人違いと知って、腹いせに、こんなひでえことをしやがったんだな」

「私がおとなしく殺されていれば良かったのに……」

「姫」

と、進吾が手をついて、「浪江殿は、こんな様子でも、姫のことを気づかっております」

「お前には申し訳ない。好き合った浪江がこんな目に……」

「浪江殿を刺して、自分も死のうかと思いましたが……。愚かなことでした。命ある以上、いつか回復するでしょう」

「私も、どうせ死ぬのだと諦《あきら》めていました。でも、このまま殺されれば、おそらく白井藩はお取り潰《つぶ》し。皆が浪人となる」

「家老の安藤です。殿が留守の間、姫の悪い噂を立てて、ご公儀の犬となって……」

「促されるままに遊び暮していた私が愚かでした」

と、姫は言った。「進吾。私を恨んでおろうな。斬って気が済むなら……」

「とんでもないことを！」

そのとき、浪江がパチッと目を開けると、そっと辺りを見回し、

「──姫様！」

と、起き上った。「ご無事でしたか！」

「浪江──」

姫が浪江の手を握りしめた。

「オランダの薬が効いたようですね」

と、千草は言った。

「かたじけない！」

姫は涙をこぼした。

「ただ──かなり高価な薬でして」

と、千草は言った。「ご理解いただけると……」

「いくらでも払います」

と、姫は即座に答えた。「屋敷へ取りに来て下さい」

「ありがとうございます」

千草は微笑んだ。

——次郎吉は、千草と玄関の方へ出て、

「いかほどする薬で？」

と訊《き》いた。

「お大名には三百両いただきます」

「そいつは高い！」

「お金持からは、しっかりいただくことにしておりますので」

と、千草は言った。「次郎吉さん、どこか具合の悪いところはございません？」

鼠、猫に訊く

祝言前夜

「玉《たま》や」

と、かぼそく笛のような娘の声が呼んだ。「――玉。――どこなの？」

女中のおとよが雑巾《ぞうきん》がけをしていた。

「ねえ、おとよ」

「お嬢様、何か？」

「玉を見なかったかい？」

「さあ……。さっき鳴き声は聞きましたけど」

と、おとよは言った。「でも、玉の声かどうか……。猫は猫ですもの」

「私なら分るわよ。玉の声か、そうでないかぐらい」

大店《おおだな》の娘らしいふくれっつらを見せて、志乃《しの》は振袖《ふりそで》を旗みたいに振り回しながら、廊下を小走りに急いだ。

「玉！――どこなの？」

見送ったおとよは、呆《あき》れ顔で首を振って、

「あれで明日《あした》は嫁入りだもんな……。猫を抱いてお床入りなさるんかね」

と言った。

そして、雑巾がけに戻ろうとして、庭先の人影にびっくり。

「ワァッ！」

と、飛び上りそうになった。

「そうびっくりするなよ」

と、苦笑いするのは、筋向いの呉服屋の若旦那《わかだんな》で、おとよにはちょくちょくこづかいをやって手なずけている。

「若旦那……。どうしてそんな所に？」

と、おとよは訊いた。

「表にゃ与兵衛《よへえ》がいるからね。見付かると厄介じゃないか」

松之助《まつのすけ》というこの二代目、母親が甘いせいで、家業のことはさっぱり学ばず、吉原《よしわら》通で知られている。

「与兵衛さんは、明日の婚礼の手配を任されてるんで、間違いがないように眉《まゆ》つり上げてますよ」

と、おとよは言った。

「ああ。与兵衛の奴だって、心中穏やかじゃないはずさ。忙しくして、何とか紛らわしてるんだろ」

「与兵衛さんがどうして？」

と、おとよがふしぎそうに言った。

「お前、毎日一緒にいるのに分らないのかい？」

と、松之助は呆れたように、「与兵衛は志乃さんに惚《ほ》れてる」

おとよは目を丸くして、

「——まさか！　番頭さんが？」

「そうだよ。志乃さんだって、そいつは承知さ」

「でも、そんなことって——」

「与兵衛の目を見りゃ分る」

と、松之助は言った。「——あれ？　玉じゃないのか」

庭の茂みから三毛猫がトトッと走り出て来る。

「あ、こんな所に。——お嬢様！」

と、おとよが呼んだ。

「ちょっと待ちな」

と、松之助は何を思い付いたのか、足下に来た玉を抱え上げると、着物の懐へヒョイと入れて、「志乃さんに言ってくれ。玉は私のとこにいるって」

「そんな――」

「いつもの離れにいるからね。玉を迎えにおいで、とね」

「だめですよ、若旦那！　ねえ――」

しかし、おとよが庭へ下りる前に、松之助はさっさと玉を懐に、裏木戸の方へと行ってしまった。

「困ったわ……」

と、おとよが呟《つぶや》いていると、

「おとよ」

と、厳しい口調が飛んで来て、おとよはあわてて雑巾をつかんだ。

「――誰と話してたんだ？」

「いいえ、番頭さん……」

「向いの松之助さんじゃないのか？」

と、与兵衛は言った。

「違います！　あの――同郷の者が訪ねて来てたんで」

と、出まかせを言った。

「まあいい。今夜は色々大変だよ。いつもの用事は手早く済ませておくれ」

「はい」

与兵衛は半ば駆けるように行ってしまった。

おとよはホッとしたが……。

あの番頭さんが？

与兵衛は堅物で知られている。もちろんまだ世帯も持っていないし、遊廓《ゆうかく》へ足を向けることもまるでない。

おとよだって、まんざら男と女のことに無知なわけじゃない。確かに、与兵衛のように、「遊ぶ」ことを知らない男が誰かに恋したら、ちょっと怖いかもしれない。

でも、よりによってお嬢様に？

「おとよ」

当の志乃がやって来て、おとよはあわてて雑巾がけを続けようとして、滑って転んでしまった。

「あいたた……」

「何やってるの」

と、志乃は苦笑して、「ね、玉、いなかったかい？」

「はあ……。いえ、この辺では……」

「どこへ行っちまったのかしらねえ」

そこへ、母親のりくがやって来て、

「お志乃！　どこにいるかと思ったじゃないの」

「おっ母さん。玉がいないの」

と、志乃は訴えた。

「猫どころじゃないでしょ。お前、明日は嫁に行くんだよ」

と、りくはため息をついて、「一緒においで。仕度があるんだから」

「でも――」

「いいから、おいでなさい！」

志乃も母親には逆らえない。渋々ついて行きながら、

「おとよ。玉がいたら知らせとくれ」

と、声をかけた。

「かしこまりました」

さて、どうしたものか？――おとよにとって、松之助がくれるこづかいは魅力だった。特に今夜は、離れへ志乃を連れ込もうというのだ。

おとよがうまく志乃を連れて行ったら、松之助からは相当な見返りが期待できた。

しかし、そうなると、当然松之助が志乃をただで帰すはずがない。

志乃は十七で、嫁に行っていておかしくない年齢だが、そっちの方に関してはまるで子供。おとよが知る限り、まだ生娘である。

その志乃が「傷もの」にされたと分ったら、当然父親の甲衛門《こうえもん》も母親のりくも激怒するだろう。そして、おとよが手引きしたと分ったら、即刻この店を叩《たた》き出される。おとよとしては、せっかくの働き口を失くしたくもない。——迷いに迷っているおとよであった……。


「おい！　酒が切れたぞ！　酒だ！」

奥の座敷で怒鳴る声がした。

はて……。あの声は？

「あれって、備前屋《びぜんや》の旦那《だんな》じゃない？」

と、妹の小袖《こそで》が言った。

「お前もそう思ったか」

と、次郎吉《じろきち》は言った。

「ひどく酔っておいでね。珍しい」

店の主人が出て来て、

「お騒がせして申し訳ございません」

と、客へ詫《わ》びている。

「おい、亭主。もしかして、あれは備前屋さんかい？」

と、次郎吉が訊《き》くと、

「よくお分りで」

「やっぱりそうかい」

「〈甘酒屋〉の旦那、備前屋さんをご存じでしたら、何か言っちゃくれませんかね」

と、主人は困り果てている。

「だって、宴会の騒ぎだろ。無粋ってもんだぜ」

「いえ、それなら少々のことは我慢するんですがね」

「というと？」

「あの声はお一人ね」

と、小袖が言った。

「おっしゃる通りで」

「へえ、一人でね。何かよほど面白くねえことがあったんだな」

「ですが、明日《あした》はお嬢様のご婚礼なんでございます」

「ほう……」

「ちょっと訪ねてみたら？」

小袖が兄をたきつけた。

「俺よりお前が行った方が喜ぶぜ」

　と、次郎吉は言い返した。

　結局、二人で奥の座敷へ顔を出すことにしたのだが……。

「——いや、お恥ずかしい」

　何といっても、若い小袖が目の前にやって来たことが効いたのか、備前屋甲衛門はすっかりおとなしくなってしまった。

「明日は志乃さんのお嫁入りですって？」

　と、小袖が言った。

「そうなんですよ……。いや、情ない話だが、可愛がってきた娘をよそへやっちまうかと思うとね……」

「何だ、そういうことですかい」

　と、次郎吉は苦笑して、「いつまでも家にいられると、こいつみたいに威張り出しますぜ」

「ちょっと、兄さん！」

　と、小袖が次郎吉をにらむ。「じゃ、備前屋さん、この一杯で切り上げてお帰りになって」

　と、小袖が酒を注ぐ。

「こりゃどうも……。恐れ入ります」

廻船《かいせん》問屋備前屋の主人なのだから、甲衛門はもっと偉そうにしていてもよさそうだが、次郎吉のような遊び人にも腰が低い。

「いただきます……」

と、注がれた酒を飲もうとして……。

手が震え、酒が畳にはねた。

「旦那――。どうなさいまして？」

甲衛門は涙を拭《ぬぐ》った。

「いえ……。情ない話で。父親として、志乃の幸せを願ってるのに、こんなことしかしてやれない。そんな自分に愛想がつきたのでございます」

「旦那……。志乃さんのお相手は、元お旗本の家柄とか伺いましたがね」

と、次郎吉は言った。

「確かに。しかし……」

と、甲衛門はひときわ深くため息をついたのである……。

忍び足

「お嬢様」

　おとよはそっと障子を細く開け、囁《ささや》き声で呼んだ。「――お嬢様」

「誰？」

　志乃は顔を上げて、「――おとよなの？」

「あの……玉のことで」

　と、ひと言言うと、志乃が急いでやって来た。

「玉がいたの？」

「あの……。奥様は？」

「おっ母さん？　今は土蔵にいらっしゃるけど？」

「それじゃ聞かれませんね」

　と、おとよはホッとした。

「玉がどうかした？」

「それが……。お向いの若旦那《わかだんな》の所に」

「え？　松之助さんの？　どうしてそんな所へ」

「分りません。さっき、あちらの女中さんが若旦那の文を持ってみえて」

「文が？」

「若旦那があの離れで待っておいでだそうです。玉を迎えにいらっしゃい、と……」

「まあ、何だろうね。親切がありゃ、こっちへ連れて来てくれりゃいいものを」

おとよはつい今しがた、松之助から、ちょっと仰天するようなこづかいをもらっていた。

「分ったわ」

と、志乃は言った。「じゃ、おっ母さんのいない今の内に行って来るよ」

「そうなさいまし。お店の方は目につきますから」

「分ってる。庭の木戸から出る。おっ母さんに黙っておくれよ」

「心得ております」

――志乃が左右へ目をやりながら庭へ下りると、ちょこちょこと小走りに裏木戸へと急ぐのを、おとよは見送って、

「いいんだわね」

と、一人、呟《つぶや》いた。「お嬢様だって、好きでお嫁に行くわけじゃないんだし……」

大体、どうして志乃の相手にあの永井《ながい》進二郎《しんじろう》という男を選んだのか、おとよには主人、甲衛門の気が知れなかった。

元はお旗本とかいうが、今は何をしているのかさっぱり分らない。それでも「遊び人」として名が知れているらしく、時には吉原でパッと派手な金をつかうというが、その金がどこから出ているのか、みんな首をかしげている。

確か、まだ二十七、八だというのに、でっぷりと太って、見たところはもう四十と

言ってもおかしくない。

志乃だって気が進まないに決っているが、父と母に言われれば従わないわけにいかないのだ。

「大店《おおだな》のお嬢様なんて、つまんないもんだわね」

と、おとよが呟いて、台所へ戻ろうとする。

目の前に誰かが立っていて、おとよは飛び上るほどびっくりした。

「あ……。番頭さん」

「こんな所で何をしてる」

と、与兵衛は咎《とが》めだてする口調で言った。

「いえ、ちょっと……。お嬢様から、玉のことを捜せと言われてたんで」

「玉か。――いたのか、それで」

「いえ……。この辺にはいないと……」

と、つい言ってしまった。

「この辺にはいない、だと？　ではどこにいるんだ？」

「知りません。知ってればお嬢様に――」

「おとよ。私はお前がここへご奉公に上ったときから、ずっと見てきた。お前が隠しごとをしたり嘘をついたりすればすぐに分るぞ」

「番頭さん――」

「正直に言え！　何をしようっていうんだ？」

「私は何も……」

「じゃ、誰が何を企《たくら》んでる」

与兵衛は厳しい目でおとよを見つめ、「隠しごとをして、何かあったら、お前をお払い箱にしてやる！」

与兵衛の、こんな怖い言い方を初めて聞いて、おとよは心底怖くなった。

「すみません！　あの……お向いの若旦那に頼まれて……」

「松之助さんのことか？　それで？」

「玉を……連れてっちまったんです。それでお嬢様に取りに来いって……」

「何だと？　どこへ？」

「あの離れです。お店の庭とつながってる……」

「知ってる。じゃ、お嬢様は今そこへ？」

おとよが肯《うなず》くと、与兵衛は怒りをこらえている様子で、

「――もしお嬢様に何かあれば、明日《あした》のご婚礼がどうなるか。おとよ、いいか、このことは旦那様には内緒だ」

「はい……」

「松之助さんのことだ。お嬢様にしびれ薬の入った茶でも飲ませて、けしからんことをしようと思ってるだろう。おとよ。お前だってそんなことぐらい分ってるだろう」

「すみません」

おとよは亀みたいに首をすぼめて、消え入りそうな声を出した。

「お嬢様はいつごろ行かれたんだ？」

「つい今しがたです」

「ではまだ間に合うかもしれん」

「そりゃあ……。やっと今ごろ離れに着かれたころだと……」

「よし。一緒に来い」

「私も、ですか？」

「当り前だ。お嬢様に万一のことがあったら、腹を切らせる」

「腹を……」

おとよは真青になって、今にも倒れるかと思った。

「急げ！　ついて来い！」

与兵衛が廊下を駆け出すと、おとよはあわててドタドタと足音をたてながら追って行った……。

「まあ、〈甘酒屋〉さん」

りくが、店の表へ出て来た。

「こりゃどうも」

と、次郎吉は言った。「旦那様をお送り申し上げて参りましたよ」

「主人が？」

りくは駕籠《かご》の中を覗《のぞ》いて、「どうしたの、あなた！」

「いや、ただ酔って眠ってらっしゃるだけでさ」

と、次郎吉は笑って、「妹と二人でお止め申したんですがね」

「本当にもう……。駕籠屋さん、悪いけれど主人を中へ運んでおくれ」

「へえ、お安いご用で」

もちろん、充分な心付を期待してのことだが、二人で甲衛門を両脇からかつぎ上げ、店の中へ。

中へ入れば、すぐ店の者が飛んで来る。

「ほら、旦那様を奥へ運んで、横にしておいておくれ」

と、りくは言いつけて、「ご苦労さん。取っといておくれ」

駕籠屋はすっかり喜んで引き上げて行った。

「――一人で飲んでたんですか？」

と、りくは次郎吉に訊《き》いた。

「へえ。どうやら、明日のお志乃さんのお嫁入りがお辛《つら》かったようで」

「どういう人だろう。娘が嫁に行くのをいやがってるなんて」

と、りくはため息をついて、「すみませんでしたね、〈甘酒屋〉さん。あの——これは少ないけど……」

「とんでもねえ。一緒に飲んだ分は、旦那に払っていただきましたから」

と、次郎吉は辞退して、「じゃあ、お忙しいでしょうから、ここで」

「そうですか。明日の祝言のために、やることが山ほどあるんです」

「そうでございましょうね」

「与兵衛が何かお礼を——。与兵衛はどこです?」

手代に訊いても分らない。りくは渋い顔で、

「大事なときに番頭がいないんじゃ、お話にもなりゃしないわ……」

と言ったが……。

そのとき、店の正面のくぐり戸から、

「大変です!」

と、転り込んで来たのはおとよだった。

「おとよ、どうしたの」

りくが面食らっていると、

「お嬢様が……」

「え？　お志乃がどうしたって？」

おとよはペタッと土間へ座り込んで、

「お嬢様が……血だらけで倒れておいでで……」

「何だって？」

りくが呆然《ぼうぜん》として立ちすくんでいる。

「おい、そいつはどこだい？」

と、次郎吉が代って訊くと、

「向いの……〈えり里《ざと》〉の離れで……」

「どうしてそんな所に？」

と、りくが言った。

「それより今は急いでその離れへ」

と、次郎吉が早口に言って、おとよの腕を引張って立たせると、「さあ、早く案内しな」

と、表へ押しやる。

「へえ、こっちで……」

おとよはヨタヨタとよろけながら、走り出した。

呉服屋〈えり里〉の離れは、母屋とは庭を挟んで別棟になっている。庭の隅にあり、玄関が表の通りに面していた。

商売上の打合せなど、この離れに外から直接入れるようになっているのだ。

「――何をしたんだ！」

次郎吉がその離れに着いたとき、中から激しい怒声が聞こえてきた。

「あれは――」

「番頭さんです」

と、おとよは言った。

「与兵衛さんか。お前はここにいな」

次郎吉は中へ入った。

「助けて！」

髪を乱して廊下へ這《は》いずり出して来たのは、〈えり里〉の松之助だ。

「松之助さん！　どうしなすった」

「あ……。〈甘酒屋〉さん！　いいところへ……」

と、次郎吉へすがりつく。「助けて！　殺されちまう」

奥から出て来たのは、眉《まゆ》をつり上げて、いつもとは別人のような形相の与兵衛だった。

「お嬢様に何てことしやがった!」

と、松之助へつかみかかろうとするのを次郎吉は、

「与兵衛さん! 落ちつきなせえ!」

と、押し止《とど》め、「志乃さんがどうしたんだね?」

「あんたは……。邪魔しねえでくれ! こいつがお嬢様を——」

「私じゃない! 何も知らない!」

「待ちな」

次郎吉は力をこめて与兵衛を押しやると、

「入るぜ」

と、正面の襖《ふすま》を開けた。

行灯《あんどん》の明りが揺れている。

床をのべた、その上に、志乃が仰向《あおむ》けに横たわっていた。

胸から喉《のど》へ血に染って、もう命がないことは一目で分った。

「こいつは……殺されなすったか」

と、次郎吉は片膝《かたひざ》をついた。

そのとき、

「アーン」

と、甲高い赤ん坊の泣き声のような声に、次郎吉もびっくりした。

隅に、じっと三毛猫がうずくまって、その緑色の目が光っていた。

夜の道

「ひでえな、こいつは」

目明しの定吉《さだきち》が一目見て顔をしかめる。

そして次郎吉を見ると、

「何だ、〈甘酒屋〉さんもいたのか」

「たまたまね」

と、次郎吉は腕組みして、「まだ十七だぜ。気の毒に」

「今、同心の旦那《だんな》がみえるよ。――誰がやったか、見当はついてるのか？」

「俺はただの野次馬だぜ」

と、次郎吉は苦笑した。

――〈えり里〉の離れは、今は明りが灯《とも》っているが、むろん人は出入りしていない。

「殺されたのは、備前屋の娘、志乃さんだね」

「ああ。備前屋の旦那は、半分気を失いかけて、店の者が連れ戻ったよ」

「こいつは……刀傷かな」

と、定吉がこわごわ死体を覗《のぞ》く。

「刃物の傷にゃ違いねえが、刀だとすりゃ、あんまり切れない刀だね。むしろ突き刺した傷だろうよ」

「なるほど……。どうも俺はこういうのに弱いんだ」

定吉が早々に離れを出て行ってしまう。

次郎吉は、行灯の明りを志乃のそばへ持って来ると、しばらく膝をついて眺めていたが……。

「兄さん」

「小袖か。どうしたんだ」

「帰る途中で、騒ぎを聞いたんで。――志乃さんが？　可哀そうに」

小袖は手を合せて、「誰がやったか分ってるの？」

「いや、今のところは分らねえ」

「誰か見た人は？」

「ああ、そこに一人いる」

次郎吉が離れの隅へ目をやると、玉が低くうずくまって、アーンと低く唸《うな》った。小袖もびっくりして、

「まあ！　じゃ、この猫が？」

「殺されたとき、一緒にいたらしい。目の前で主人が殺されたんだ。口がきけりゃ、下手人を教えてくれるだろうぜ」

「そう……。お前、何て名なの？」

と、小袖は猫の方へ寄ってしゃがみ込む。

「そいつは玉っていうんだ。少々この殺しにも係《かかわ》ってるんだぜ」

と、次郎吉は言って、「それよりな、お前、どう思う」

「え？　何が？」

「ちょっと見てくれ。志乃さんのことだ」

小袖は次郎吉の話を聞くと、

「――そうね。そうかもしれない」

と、難しい顔で肯《うなず》いた。

「お前、誰かを走らせてくれねえか。千草《ちぐさ》さんに、急で悪いが、ここへ来てもらいたいって伝えてくれ」

「そうね。それがいい。――すぐ、駕籠《かご》屋を呼んでもらうわ」

小袖が急いで出て行く。

次郎吉は離れから表へ出た。

「〈甘酒屋〉さん」

りくがやって来ていた。

「お内儀《かみ》さん。旦那はいかがです？」

「ええ、布団に入りましたが、うなされています」

「無理もねえ。何と申し上げていいか……」

「恐れ入ります。私どもは明日《あした》の祝言を控えておりましたから、お相手の永井様へ、お詫《わ》びをしなければなりません」

りくは必死で平静さを保とうとしている様子だった。

「その心配はご無用なようですぜ」

「はあ……」

「あの提灯《ちょうちん》は、確か永井様の家紋」

足軽を連れた侍がやって来る。

「まあ！　永井様」

りくが息を呑《の》む。

「家の者が噂を聞いて来た。志乃殿が亡くなったとは本当か」

「はい……。こんなことになりまして、申し訳ございません」

「いや、そのようなことはどうでもいい。志乃殿は今どちらに？」

「この離れの中で、何者かの手にかかり……」

「それはひどい話だ」

——次郎吉は、永井進二郎を初めて見たのだが、噂に聞いていた「道楽息子」という風ではなかった。確かにいささかだらしなく太っているが、志乃の死を聞いて、本当に動揺しているようだ。

「亡きがらを家へ戻してよろしいでしょうかね……」

と、りくが次郎吉へ訊《き》いた。

「奉行所から同心がみえるはずですから、それまでは……」

「そうですか……。あの子を早く連れて帰って泣きたいと……」

「よく分ります。もう少しご辛抱なさい」

そこへ定吉が駆けて来て、

「やっとみえたぜ！　何だかえらく若い人だが、他にいなかったらしい」

確かに、バタバタと走って来る同心は、ずいぶん若く、

「ワッ！」

と、少し手前で何につまずいたのか、転んでしまった。「や、どうも……失礼」

「旦那。これが〈甘酒屋〉の次郎吉でさ。いつも何かと力になってくれますんで」

定吉も、言葉づかいはともかく、内心馬鹿にしているのが態度で分る。

「さようですか。私は香川《かがわ》左内《さない》。何しろ、同心を拝命してまだ十日とたたぬので、よろしく」

「はあ……」

真面目そうだが、頼りないのは見かけばかりでもなさそうだ。

「備前屋のお内儀さんが、娘さんを家へ移したいとおっしゃってますがね」

と、次郎吉は言った。「旦那が中をご覧になってからの方が、と思って……」

「はあ、そうですな。それは全くその通り」

「手をつけないままになっています」

「この中——ですか？　では……ちょっと失礼」

たぶん、人殺しなど出くわすのは初めてなのだろう。若い同心は離れへと上ったが、膝《ひざ》がガタガタ震えている。

次郎吉がついて上ると、

「明日が嫁入りのはずだったんですよ」

と言った。

「それは……気の毒に」

志乃の死体を見て、左内は声が震えた。「一体誰がこんなひどいことを……」

「それをご詮議《せんぎ》なさるのは旦那《だんな》のお役目で」

「ああ……。そうです！　そうでした」

額の汗を拭《ぬぐ》っている。

「備前屋で、居合せた連中の話をお聞きになっては？」

「そうですね！　そうしましょう」

と、ホッとした様子の左内は、「では定吉に命じて早速――」

「ニャー」

突然、左内の目の前に玉が現われて、甲高くひと声鳴いた。

「ワッ！」

左内は仰天して飛び上ると、畳の上にみごとに尻《しり》もちをついて、「いてて……」

と、顔をしかめた。

襖《ふすま》が開いた。

備前屋の広間に集まっていた人々が一斉に顔を向ける。

次郎吉が立ち上って、

「千草さん、すみませんでしたな」

と言った。

「いいえ」

廊下に正座した千草は、「志乃さんのご遺体の傷は縫い合せ、新しい襦袢《じゅばん》を着せてあります」

「ありがとうございました」

と、りくが深々と頭を下げる。「あなたもお礼を――」

夫を促したが、甲衛門はただ呆然《ぼうぜん》として座っているばかりで、妻の言葉は耳に入っていない様子だ。

「では――志乃に、せめて花嫁衣装を着せてやります」

りくが涙を拭った。

広間には、番頭の与兵衛、女中のおとよ、そして〈えり里〉の松之助、永井進二郎も座っていた。

次郎吉と小袖は、隅で千草が志乃の体を診るのを待っていたのである。

そして――影は薄いが、同心の香川左内も同席していた……。

「〈甘酒屋〉さん」

と、りくが言った。「お気づかい、ありがとうございました。嫁入り前の志乃を、こちらのお嬢さんに診ていただいて、私どもも心が救われました」

千草はチラッと次郎吉を見て、

「一つ、申し上げておくことがあります」

と、りくの方へ言った。

「はい。何でございましょう」

「お嬢様は身ごもっておいででした」

――その言葉の後には、長い沈黙があった……。

証し

初めに我に返ったのは、主人の甲衛門だった。

顔を真赤にすると、

「貴様……」

と、握りしめた両の拳《こぶし》を、怒りでブルブル震わせながら立ち上り、「よくも……よくも志乃を……」

と、松之助に向って駆け寄ると、足で蹴《け》りつけた。

「痛い！　ちょっと――備前屋さん！　やめて下さい！」

松之助はあわてて這《は》って逃げ出した。

「黙れ！　あの子に手をつけたのは貴様だろう！」

甲衛門がさらに松之助に殴りかかるのを、

「お待ちなせえまし」

と、次郎吉が止めに入った。「旦那、まあ落ちついて下さいよ」

「これが落ちついてなどいられるか！」

と、甲衛門は声を上ずらせて、「この好色男にかかっては、志乃など赤子も同様。貴様、志乃を汚した挙句に殺したんだな！」

と、拳を振り上げる。

「まあ、ここは抑えて。――左内の旦那、黙って見てねえで、何とかして下せえ」

そう言われて、左内はやっと、

「そうか。そうだった。いや、思いがけない話で呆然としていた」

と、頼りない。

「冗談じゃありませんよ！」

と、松之助はまげも曲って散々の有様。「志乃さんが生娘でなかったなんて、知るわけないじゃありませんか！」

「言い逃れする気か！」

と、甲衛門がまた殴りかかろうとするのを、

「まあ、旦那様、ひとまず戻られて」

と、番頭の与兵衛が押し止《とど》める。

「お気持は分りますが」

と、次郎吉は言って、「その松之助さんは、猫を連れ出して、志乃さんを離れに誘った。そうだな？」

「さようで」

隅の方に小さくなっているおとよへ訊《き》くと、

「お前に礼まで渡した。そうだな？」

「へえ……」

「志乃さんのお腹の子の父親は、松之助さんじゃありますまい」

と、次郎吉は言った。「松之助さんのような人は、吉原辺りによくおりますよ。男を知らない生娘にしか興味がない。身持ちの堅いうぶな娘を巧《うま》い口説でくどき落とし、わがものにするのが目当てで、いざその狙いを果してしまうと、もうその娘には目もくれなくなっちまう。——自分が手をつけた娘を、わざわざ金を使って誘い出したりしないでしょう」

「なるほど」

と、左内が膝《ひざ》を打って、「そなたの言うことは筋が通っておる」

「旦那、感心してねえで」

と、そばに控えた定吉が渋い顔をしている。

「もう夜が更けたな」

と、そのときポツリと言ったのは、永井進二郎だった。「拙者は帰ります」

と立ち上って、甲衛門とりくの方へ、

「改めて、志乃殿には……」

「わざわざお越しいただきまして」

と、りくが与兵衛の方へ、「永井様をお送りして」

「はあ」

と、与兵衛が立ち上る。

すると、突然左内が、

「少々お待ち下さい」

と、呼びかけたのである。

「拙者に申しておるのか？」

「さようでござる。今、ここの娘御を殺した下手人の詮議をしております。今しばらくとどまっていただきたい」

永井はムッとした様子で、

「それはどういうことだ！　拙者が志乃殿を殺《あや》めたとでも申すのか」

「ですから、今、それを調べております」

定吉が左内の袖《そで》を引いて、

「旦那《だんな》！　いけませんや」

と囁《ささや》いたが、左内はまるで気にしないで、

「これは手前の役目でござる」

と言った。「もう一度お座り下さい」

すると、次郎吉が、

「旦那」

と、甲衛門の方へ、「居酒屋でのお話じゃ、志乃さんとこちらの永井様は、お見合の席で一度お会いになったきりとか」

「そうだ。――そのはずだが」

「まあ、どういうご縁だったか存じませんが、一度顔を合せただけのいいなずけが殺されたと聞いて、わざわざ夜道をここまでおいでになるのもふしぎな気がいたします」

次郎吉の言葉に、永井は見た目に明らかなほど動揺した。

「それは……」

と言いかけて、後が続かない。

すると、広間の中央へスッと滑るように進み出たのが、猫の玉だった。

永井の方へ向って、「ニャー」とひと声鳴いた。永井が青くなって、

「よせ！　拙者は猫が苦手なのだ。そっちへ行け！　おい！　玉を連れ出してくれ！」

と後ずさった。

「おいで」

小袖がやって来て、玉を抱き上げると、「永井様。よくこの猫の名を玉とご存じで」

と言った。

「志乃殿はいつもその猫を――」

と言いかけて、永井は口をつぐんだ。

「永井様。『いつも』とおっしゃいましたね」

と、次郎吉は言った。「志乃さんと、お会いになっていたんですね？　どちらで？」

「いや……」

永井は汗を拭《ぬぐ》った。「そう度々というわけでは……。二、三度……。いや、四度だったか」

「何とおっしゃる」

甲衛門が愕然《がくぜん》として、「志乃と会われていた？」

「拙者が誘ったのではない！」

と、永井がむきになって、「本当だ。見合の後、二、三日して、志乃殿から文が参り、人目のない宿でお目にかかりたい、と……」

「お嬢様が？」

と、与兵衛が唖然《あぜん》としている。

「拙者も半信半疑だった。――およそ女に好かれたためしのない拙者を、志乃殿はからかっておいでかと……」

「でも、おいでになったんですね？」

と、次郎吉は言った。

「それはまあ……。誘われて行かぬのも失礼かと思い……」

「そこには志乃さんお一人で？」

「さよう。駕籠《かご》で来て、帰りはまた宿の者に駕籠を呼ばせていた」

と、永井は言った。「志乃殿と――その玉と、いつも一緒だった」

与兵衛がおとよの方へ向くと、

「お前は何をしていたんだ！　お嬢様がお一人で出かけられるのを気付かなかったのか！」

と、叱りつけた。

おとよはむくれて、

「私、お嬢様のことだけ見てるわけじゃありません。お掃除、洗濯から台所のご用まで、目が回るほど忙しいんです！　番頭さんだってご存じじゃありませんか」

と、言い返した。

「お前の言うことはもっともだよ」

と、次郎吉がなだめるように言って、「永井様。志乃さんは何か特別なお話があって、あなた様をお呼びになったので？」

「話？　話か……。いや、話はほんのわずかで、拙者は二階の座敷で、志乃殿と二人で過した。――正直、驚いた。どうしてこんな貧乏侍を、とふしぎだった……」

「では、志乃さんのお腹の子はあなた様の？」

そう問われ、永井はあわてて、

「いや、それは……。拙者にも分らん。しかし、志乃殿と会ったのは……ほんのふた月ほど前のこと」

次郎吉が千草の方を見る。千草は首を振って、

「それならば、永井様の子ではないでしょう」

と言った。

「いや、そう聞いて安堵《あんど》した」

と、永井は息をついて、「ともあれ、あの宿屋で、すでに生娘でないと知って、少々びっくりした。これほどの家の娘が……」

「永井様」

と、甲衛門が苦しげに、「お恨み申します。いくら娘からの誘いとはいえ、十七の小娘を相手に、なぜたしなめて下さいませんでした」

「そう言われると……。しかし、志乃殿は本当にその――拙者にしがみつくようにして、せがんで来られた。そうなると……。もともと、わが家は貧乏旗本。こちらからの持参金がなければ、屋根の雨漏りも直せぬ有様。志乃殿に嫌われて、この縁談が立ち消えになるのも怖かったのだ」

「情ない」

と、おとよが聞こえよがしに呟《つぶや》いた。

「――では、拙者はこれで」

と、永井が立ち上って、広間を出ようとした。

そのとき……。

奇妙な呻《うめ》き声が、居並ぶ人々の注意を引いた。

与兵衛が畳に突っ伏して、激しく身悶《みもだ》えながら、呻き声を上げていたのだ。

「番頭さん、どうしたんです？」

と、おとよが駆け寄ると、与兵衛はおとよを力任せに突き飛ばした。

おとよの体が二、三回も転って広間の隅にぶつかった。

「与兵衛――」

と、甲衛門が腰を浮かす。

「嘘だ！」

与兵衛が、まるでいつもとは別人のような声で絞り出すように叫んだ。「嘘だ、嘘だ！　お嬢様は――私一人を愛《いと》しいとおっしゃったんだ！」

「与兵衛、ではお前は――」

与兵衛は、アーッと張り裂けるような声を上げると、広間から廊下へと飛び出して行った。

「与兵衛さん！」

次郎吉が素早く後を追う。

しかし、薄暗い廊下で、番頭の姿はどこかへ消えてしまった。

「兄さん」

小袖が追って来た。

「どこへ行ったかな」

二人の足下を、音もなくすり抜けて行ったのは、玉のしなやかな体だった。

「玉が見てるんだわ」

「そうか！　よし」

玉を追って、二人は庭へ下りると、

「土蔵の方だわ」

「うん」

土蔵の扉が開いていた。

「与兵衛さん！」

次郎吉は中を覗《のぞ》いて、呼びかけた。

梯子段《はしごだん》の上で明りが動いた。

「いなさるのか、与兵衛さん」

次郎吉は上を見上げて、「早まったことをしちゃならねえよ」

「――放っといて下さい」

与兵衛が現われた。両手に抱きしめているのは――。

「それは襦袢《じゅばん》かね」

「お嬢様が――私に持っていてくれと……」

与兵衛はそれを固く抱きしめて、「私とお嬢様が初めて結ばれた日に……。『これには私の香りがついている。このまま、持っていておくれ』とおっしゃって……」

「そうでしたか」

「元より身分違いの恋。ですがお嬢様は、心底お前が好きとおっしゃって下さったのです」

「辛《つら》いだろうが、下りて来なせえ。もう志乃さんは生き返らねえぜ」

「私もここで命を絶ちます」

と、与兵衛は言った。「どうか、黙って死なせて下さい」

「まあ、死ぬのは勝手だが」

と、次郎吉は言った。「その前にはっきりさせたい。志乃さんを殺したのは、あんたかね？」

「とんでもない！　私がどうしてお嬢様を」

「しかし、あんたはあの離れに、おとよと行くより前に行ってたんじゃないのかい？　おとよの話を聞くと、あんたが松之助さんの企《たくら》みに気付かなかったはずはねえと思うんだが」

次郎吉の言葉に、少し間があって、

「——確かに」

と、与兵衛が答えた。「あの離れに一人で行きました。お嬢様を連れ帰ろうと思ったんです。でも——お嬢様はもう死んでいました」

「そうだったのか」

「私は、あまりのことに、わけが分らなくなり、気が付くと店に戻っていました……。そして、今自分の見て来たことが果して本当だったのか、夢じゃなかったのかと……。信じちゃいただけないでしょうが、本当にそう思ったんです」

「分るよ」

「しかし、なぜ……。誰がお嬢様を……」

そのとき、甲衛門とりくが土蔵の中へ入って来た。

「与兵衛、いるのか！」

と、甲衛門が言った。「身分もわきまえず、よくも志乃を——」

「お待ち下さい」

と、静かに言ったのは千草だった。

「あんたには係《かかわ》りのないことだ」

「はい。ただ、一つ申し上げておきます」

と、千草は言った。「娘が身ごもったことを、いつもそばにいる母親が分らないとは思えません」

「何だと？」

「お内儀《かみ》さん」

と、次郎吉は言った。「あなたは、志乃さんと与兵衛の仲もご承知だったんでしょう？　もし身ごもっていたら世間の笑いもの、と大急ぎで永井様と見合させ、縁談を進めなすった。永井様さえ首をかしげた縁談は、志乃さんが身ごもったとき、永井様の子と見せるためだ」

次郎吉は上の与兵衛へ、

「与兵衛さん、安心なせえ。永井様と志乃さんの密会の話は嘘だ」

「何ですって？」

「あんたが志乃さんとのことをしゃべるように仕向けたんだ。苦しかったろう。勘弁してくんな」

「では……」

「永井様はなかなかできたお方だ。それと見込んで、あの話をでっち上げたんで。――志乃さんは、あんた一人に操を立て通したんだよ」

甲衛門は呆然《ぼうぜん》として、

「しかし、それでは志乃は……」

「志乃さんは自害なすったんだと思いますね」

「何だって？」

「志乃さんは、与兵衛さんとの仲が決して許されないと分ってなすった。しかし、このまま嫁げば、お腹の子の父親が他にいると知れてしまう。――そこへ松之助さんからの誘いだ。あの離れで自害すれば、身ごもっていたことが知れても、相手は松之助さんだと思われるでしょう。与兵衛さんにお咎《とが》めがないように、志乃さんはあの離れで自ら胸を刺したんですよ」

「しかし……刃物はなかった」

「それは、与兵衛さんより前に、あの離れへ行ったお人が、持ち去ったからですよ」

次郎吉はりくを見て、「そうでしょう、お内儀さん」

「りく……」

真青になったりくは、壁にもたれて、

「娘が――嫁入り前なのに身ごもって、しかも自害したとあっては……。備前屋の看板に傷がつきます。包丁を持ち去れば、誰かに殺されたことになる、と……。それだけを考えて……」

「馬鹿な！」

と、甲衛門が怒鳴った。「あの子がいなくて、備前屋の看板が何だというのだ！」

「あなた――」

「何も知らなかった。――どうしてわしに言わなかった！　死なせるくらいなら、何としても志乃と与兵衛を一緒にさせてやったのに！」

甲衛門がフラフラと土蔵を出て行った。りくがうずくまって泣き伏す。

「与兵衛さん」

と、次郎吉が言った。「下りて来なせえ。あんたが死んで何になるね」

すると――梯子段を、玉がタッタッと身軽に駆け上ると、穏やかな声で鳴いたのである。

「――お嬢様」

と、与兵衛が言った。「あなたの心が、この玉の中に？」

与兵衛は玉を抱え上げると、声を殺して泣いた……。

次郎吉たちは土蔵を出た。

「――本当に好きなら」

と、千草が言った。「手に手を取って、逃げてしまえば良かったのに」

「全くだ。千草さんならやりかねないか」

千草はちょっと微笑んで、

「残念ですが、相手がおりませんの」

解説

東えりか

活字離れが叫ばれ、電子書籍の今後の流れや、ネット書店の台頭など、出版周りでは、この先の不安材料ばかりが論《あげつら》われているような気がする。しかし、売れる作家は相変わらず人気が高いし、潜在的に、本を読みたいと思っている人が今ほど多い時代もないかもしれない。

特筆すべきは、時代小説の流行が止まらないことだと思う。佐伯泰英さんを嚆矢《こうし》とする、書き下ろし時代小説文庫からは多くのスターが生まれ、ミステリーや純文学など、他のジャンルからの参入も多い。今、一番活気のある分野だといってもいいだろう。

赤川次郎さんが時代小説を書いている、と気づいたのは、本を紹介することを生業《なりわい》としている者としては恥ずかしいほど遅かった。二〇一〇年に『鼠、闇に跳ぶ』を書店で見つけ、一刻も早く読みたくて、大急ぎで家に帰ったのを覚えている。

赤川さんが書いているのだから、面白いのは保証付き、と今だから言える。実は読んでいるときは、作家がだれかなんて全く考えもしなかった。息をつく間もないほどの展開の速さや、惚《ほ》れ惚《ぼ》れするような戦闘シーンに魅了され、次から次へと読み進んでいく。「遊び人」なんて自ら名乗る男が出てくるなんて、子供のころに夢中になったテレビ時代劇のヒーローぐらいなものだ。一気に読み終わるとすぐに、当時、私が担当していたネットの記事に配信した。ニュースなので字数は少ないが興奮は伝わるだろう。

今になって赤川さんの作品に嵌まるとは思わなかったが、江戸の義賊・鼠小僧次郎吉がとにかくカッコよくて勇ましい。文楽や歌舞伎に詳しい著者らしく、けれん味もたっぷりで誰が読んでも楽しめる。実はこのシリーズは2作目。1作目『鼠、江戸を疾る』（角川文庫）もあわせて是非。

（二〇一〇・五・十五　NEWS本の雑誌）

このシリーズは好評のうちに続き、今回四冊目の『鼠、夜に賭ける』が文庫化された。

今回も〈甘酒屋〉の次郎吉は忙しい。とある侍が突然斬られ、その犯人が「しくじった」の言葉を残して自害する。その場に出くわした次郎吉とめし屋で働く女、おように降りかかる災難を解決し（「鼠、夜道を行く」）、腕のいい大工が半年ぶりに上方から帰ったら、女房の腹がでかくなっていた、その深い訳を探りあげ（「鼠、夜に賭ける」）、無実の罪をでっち上げられ、島流しになった男が帰ってくると怯《おび》える長屋のみんなを励まし（「鼠、弓をひく」）、家老の命で探索を行う侍の命を助け（「鼠、分れ道に立つ」）、夜遊びが過ぎる姫様を諌《いさ》め、さる大名家のお取り潰《つぶ》しを阻み（「鼠、うたた寝する」）、大店《おおだな》の娘が婚礼前日に死んだ経緯を猫とともに解決する（「鼠、猫に訊く」）。

本作では、具体的な時代設定は明らかにされていないが、シリーズを通して読めば、初代・林家正蔵が怪談噺《ばなし》を仕立てたり（『鼠、江戸を疾る』）、永代橋《えいたいばし》崩落を物語に組み込んだり（『鼠、闇に跳ぶ』）しているところから、文化と呼ばれる時代が背景であることがわかっている。次の文政時代と合わせて「化政時代」と呼ばれる、江戸の芸能の隆盛期だ。このあと、外国からの圧力が強まり、一気に幕末へと進んでいく徒花《あだばな》のような時代である。

町人でありながら金を持つ商人はやりたいほうだい、反対に貧乏な小藩は、生き残るためだけに汲々《きゅうきゅう》としている。もちろん、何の知識も持たなくても、義賊・鼠小僧の活躍だけで十分堪能《たんのう》できる物語ではあるけれど、ほんの少しだけ、時代背景を知っていれば、もうひとつ深く楽しむことができるのだ。

赤川さんがオペラや舞台、歌舞伎に精通していることを知っている人は多いだろう。特に人形浄瑠璃《じょうるり》文楽については『赤川次郎の文楽入門〜人形は口ほどにものを言い』（小学館文庫）という入門書があるくらい、造詣《ぞうけい》が深い。

実は私もこの十年ほど、文楽に嵌《はま》っているひとりである。東京・国立劇場小劇場と大阪・国立文楽劇場の定期公演は欠かさないばかりか、地方の小さな芝居小屋や、自主公演にもできる限り足を運んでいる。病膏肓《やまいこうこう》に入《い》るとはこのことか、と自虐的に笑いつつ、次の公演のいい席を取るために、朝から電話を握りしめリダイヤルをし続けている。このときほどフリーランスになってよかったと思うことはない。赤川さんも先の『文楽入門』の中で苦言を呈しているが、勤め人が平日の午前十時に座席を取るために電話し続けられるはずがない。ようやくインターネットで買えるようになったとはいえ、システムを見直すまでにはいたっていない。

「赤川次郎が来ているよ」と劇場ではよく囁《ささや》かれている。国立小劇場も文楽劇場もそんなに大きなホールではないから、誰が来ているかひとわたり見渡せば、有名な人はみんな見つかってしまう。

作家や芸能人には文楽好きが多いように思う。歌舞伎俳優をよく見かけるのは当たり前かもしれないが、有名なロックミュージシャンや、夫婦で活動する音楽家、自身でも浄瑠璃の本を出している作家など毎回だれかをお見かけするが、その中でも赤川さんは断トツに会う確率が高い。編集者を連れていることもあれば、ひとりでぽつんと座っていることもある。大阪の文楽劇場でもよく遭遇するのは、同じ公演に何回も足を運んでいるからだろうか。とにかくマメに足を運んでいるのを私はこの目で見ている。いつか声をかけさせていただきたい、と思いつつ勇気がなくて遠巻きにしているだけなのだ。

文楽は大阪に根付いた芸能である。だから情緒の面や言葉の節回しなど、東京者には理解できないところがあるかもしれないが、それでも近松の心中ものをはじめとした人情芝居は、いつの世でも起こるばかばかしくもやるせない、人情の機微を描いている。

舞台は江戸だが、この鼠のシリーズはどこか浄瑠璃の人情話を下敷きにしているような気がして仕方がない。場面転換の早さや理不尽すぎる理由で殺される人々の姿。嬉々《きき》として手に手を取って死出の旅を選択するのは、「頑張って生きろ」の大合唱をする現代のアンチテーゼなのかもしれない。

二〇一二年の夏ほど、文楽に脚光が当たった季節は近年なかっただろう。

大阪市の橋下徹市長が、公益財団法人「文楽協会」への大阪市からの補助金打ち切りを明示したのが六月。文楽協会への補助金支出の条件としては、市長と技芸員（浄瑠璃語り、三味線弾き、人形遣いなどの演者）との公開討論であった。文楽協会は

「公開」に難色を示し、暗礁に乗り上げていたが、九月十八日、技芸員たちが「公開討論に応じる」という決議を下した。今の段階ではどうなるのか何もわかっていないが、ピンチがチャンスに変わるいい機会になるかもしれない。

まるでお上が弱いものいじめをしているような構図が浮かび上がる。もちろん単純なものではないにせよ、芸術を抑圧する為政者によって、文楽はどれほど痛い目にあってきたか。

そしてもうひとつ、大きく文楽がクローズアップされたのが、三谷幸喜作、演出の新作文楽『其礼成心中』の大成功であった。東京・渋谷《しぶや》のパルコ劇場で行われたこの公演は連日満席となり、この舞台が初めての文楽鑑賞だ、という人が多かったと聞く。『曾根崎心中』の後日談、として書かれた脚本は三谷作品らしいコメディではあったが、文楽の作法を兼ね備え、音楽は古典を踏襲し、浄瑠璃も現代語はポイント程度の味付けにしつつ、誰が聞いてもわかるように作られていた。人形は人形でしかできないような動きをしつつ、情緒たっぷりの演技をした。

赤川さんがこの公演を見たかどうかは知らない。しかし、作家である以上、新作文楽を書くということに興味を持たれているのではないだろうか。いや、期待を込めて書いてほしいと願うのは私だけではないだろう。鼠小僧のシリーズを読みつつ、楽しい想像を思いめぐらしている。

かつて雑誌「怪」（角川書店）の文楽特集にエッセイを寄せた赤川さんはこう書いている。

文楽では、むしろ「恐ろしいものは人間」なのである。
心中は互いの合意の自殺だが、遊女に騙された武士が、深夜茶屋に忍び入り、その遊女を初め、店の者五人を次々に切り殺した実話（中略）
金に困った若者が油屋の女房に言い寄り、拒まれると女房を殺して金を奪おうと（中略）あたかも現代社会を映しているようだ。

（二〇〇九年〇〇二六号）

ならば、だ。長年、現代社会を写し取った傑作ミステリーを書き続けている赤川次郎という作家こそ、こういう物語を書くに一番ふさわしいのではないだろうか。パスティーシュではなく、現代を映しつつ不変の人間模様の人情話。そこにはもちろん猫も登場し、鼠小僧の助手として働いてもらおう。

鼠小僧シリーズは面白さを増してさらに続く。女医の千草との関係は、どうなっていくのか興味津々である。次はどこの腹黒い大名を狙おうか、と大見得を切った鼠小僧の姿を想像して、拍子木の鳴り響く中、定式幕《じょうしきまく》を下手から引くことにしよう。

本書は二〇一一年九月、小社より単行本として刊行されました。

鼠《ねずみ》、夜《よる》に賭《か》ける

赤川次郎《あかがわじろう》

角川文庫 17627

平成二十四年十月二十五日　初版発行

発行者―井上伸一郎
発行所―株式会社角川書店
東京都千代田区富士見二―十三―三
電話・編集（〇三）三二三八―八五五五
〒一〇二―八〇七八
発売元―株式会社角川グループパブリッシング
東京都千代田区富士見二―十三―三
電話・営業（〇三）三二三八―八五二一
〒一〇二―八一七七
http://www.kadokawa.co.jp

印刷所―旭印刷　製本所―BBC
装幀者―杉浦康平

あ 6-150

ISBN978-4-04-100526-2　C0193

角川文庫発刊に際して

角　川　源　義

第二次世界大戦の敗北は、軍事力の敗北であった以上に、私たちの若い文化力の敗退であった。私たちの文化が戦争に対して如何に無力であり、単なるあだ花に過ぎなかったかを、私たちは身を以て体験し痛感した。西洋近代文化の摂取にとって、明治以後八十年の歳月は決して短かすぎたとは言えない。にもかかわらず、近代文化の伝統を確立し、自由な批判と柔軟な良識に富む文化層として自らを形成することに私たちは失敗して来た。そしてこれは、各層への文化の普及滲透を任務とする出版人の責任でもあった。

一九四五年以来、私たちは再び振出しに戻り、第一歩から踏み出すことを余儀なくされた。これは大きな不幸ではあるが、反面、これまでの混沌・未熟・歪曲の中にあった我が国の文化に秩序と確たる基礎を齎らすためには絶好の機会でもある。角川書店は、このような祖国の文化的危機にあたり、微力をも顧みず再建の礎石たるべき抱負と決意とをもって出発したが、ここに創立以来の念願を果すべく角川文庫を発刊する。これまで刊行されたあらゆる全集叢書文庫類の長所と短所とを検討し、古今東西の不朽の典籍を、良心的編集のもとに、廉価に、そして書架にふさわしい美本として、多くのひとびとに提供しようとする。しかし私たちは徒らに百科全書的な知識のジレッタントを作ることを目的とせず、あくまで祖国の文化に秩序と再建への道を示し、この文庫を角川書店の栄ある事業として、今後永久に継続発展せしめ、学芸と教養との殿堂として大成せんことを期したい。多くの読書子の愛情ある忠言と支持とによって、この希望と抱負とを完遂せしめられんことを願う。

一九四九年五月三日

角川文庫ベストセラー

友よ
赤川次郎

女子高生の紀子、栄江、真由美は中学時代からの親友同士。ある日、紀子のもとにテディベアの絵葉書が届いた。それは、三人のうちの誰かがピンチに陥っているという秘密の合図だったのだが——。

教室の正義
闇からの声

赤川次郎

締め付けが強まる一方の学校、公正な報道をしないマスコミ、そして戦争に加担し続ける政治家たち——。現代の日本が抱える問題点を鋭く描く意欲作。

落葉同盟
赤川次郎

気鋭の女性ジャーナリスト・松橋泉が、殺人容疑で逮捕された！ 泉の無実を信じる高校時代のボーイフレンドたちは、「落葉同盟」を結成して何とか泉の役に立とうとするが——？

ヴァージン・ロード (上)(下)
赤川次郎

叶典子は29歳。仕事は平凡な英文タイピスト。そんな典子に舞い込んだ見合いの話、差出人不明のラブレター、典子の周りは急にあわただしくなって——。

幽霊の径
赤川次郎

十六歳の女子高校生・令子。ある夕暮れ時の小径で、白いドレスの女性とすれ違ったことをきっかけに、死者たちに導かれるようにして、自らの出生の秘密を知っていく——。

角川文庫ベストセラー

晴れ、ときどき殺人
赤川次郎ベストセレクション④
赤川次郎

嘘の証言をして無実の人を死に追いやった。だが、ごく身近な人の中に真犯人を見つけた！　北里財閥の当主浪子は、十九歳の一人娘、加奈子に衝撃的な手紙を残し急死。恐怖の殺人劇の幕開き！

プロメテウスの乙女
赤川次郎ベストセレクション⑤
赤川次郎

近未来、急速に軍国主義化する日本。少女だけで構成される武装組織『プロメテウス』は猛威をふるっていた。戒厳令下、反対勢力から、体内に爆弾を埋めた3人の女性テロリストが首相の許に放たれた……。

探偵物語
赤川次郎ベストセレクション⑥
赤川次郎

辻山、四十三歳。探偵事務所勤務。だが……クビが危うくなってきた彼に入った仕事は。物語はたった六日間。中年探偵とフレッシュな女子大生のコンビで贈る、ユーモアミステリ。

殺人よ、こんにちは
赤川次郎ベストセレクション⑦
赤川次郎

今日、パパが死んだ。昨日かも知れないけど、どっちでもいい。でも私は知っている。ママがパパを殺したことを。みにくい大人の世界を垣間見た十三歳の少女、有紀子に残酷な殺意の影が。

殺人よ、さようなら
赤川次郎ベストセレクション⑧
赤川次郎

『殺人よ、こんにちは』から三年。十六歳の夏、過去の秘密を胸に抱き、ユキがあの海辺の別荘にやってきた。そして新たな殺人事件が！　大人への階段を登り始めたユキの切なく輝く夏の嵐。

角川文庫ベストセラー

愛情物語
赤川次郎ベストセレクション⑭
赤川次郎

赤ん坊のときに捨てられ、今はバレリーナとして将来を期待されている美帆、16歳。彼女には誕生日になると花束が届けられる。「この花の贈り主が、本当の親なのかもしれない」、美帆の親探しがはじまるが……。

魔女たちのたそがれ
赤川次郎ベストセレクション⑮
赤川次郎

「助けて……殺される」。かつての同級生とおぼしき女性から、助けを求める電話を受けた津田は、同級生の住む町に向かう。恐るべき殺戮の渦に巻き込まれるとも知らず――。巧みな展開のホラー・サスペンス。

魔女たちの長い眠り
赤川次郎ベストセレクション⑯
赤川次郎

夜の帳が降り、静かで平和に見える町が闇に覆われる頃、次々と起こる動機不明の連続殺人事件。誰が敵か味方かも分からない、恐怖と狂気に追い込まれる人々。そして闇と血が支配する〈谷〉の秘密が明らかに！

早春物語
赤川次郎ベストセレクション⑰
赤川次郎

父母とOL1年生の姉との4人家族で、ごくありふれた生活を過ごす17歳の女子高生、瞳の運命を、1本の電話が大きく変えることになるとは……大人の世界に足を踏み入れた少女の悲劇とは――？

おやすみ、テディ・ベア (上)(下)
赤川次郎ベストセレクション⑱⑲
赤川次郎

「探してくれ、熊のぬいぐるみを。爆弾が入っているんだ！」アパートで爆死した友人の〝遺言〟を受けて、消えたテディ・ベアの行方を追う女子大生、由子。予測不可能！ ジェットコースター・サスペンス！